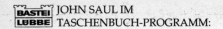 JOHN SAUL IM
TASCHENBUCH-PROGRAMM:

DIE BLACKSTONE CHRONIKEN

13 970 Band 1 Die Puppe
13 971 Band 2 Das Medaillon
13 981 Band 3 Der Atem des Drachen
13 990 Band 4 Das Taschentuch
14 136 Band 5 Das Stereoskop
14 146 Band 6 Das Irrenhaus

Die Blackstone Chroniken

Teil 1

JOHN SAUL
Die Puppe

Ins Deutsche übertragen
von Joachim Honnef

BASTEI LÜBBE TASCHENBUCH
Band 13 970

Erste Auflage: April 1998

© Copyright 1997 by John Saul
All rights reserved
Deutsche Lizenzausgabe 1998 by
Bastei-Verlag Gustav H. Lübbe GmbH & Co.,
Bergisch Gladbach
Originaltitel: The Blackstone Chronicles, Part 1
An Eye for An Eye: The Doll
Lektorat: Vera Thielenhaus
Titelbild: Hankins & Tegenborg Ltd., New York
Umschlaggestaltung: QuadroGrafik, Bensberg
Satz: Fotosatz Steckstor, Rösrath
Druck und Verarbeitung:
Brodard & Taupin, La Flèche, Frankreich
Printed in France
ISBN 3–404–13970–4

Der Preis dieses Bandes versteht sich einschließlich der gesetzlichen Mehrwertsteuer

*Für Linda Grey
in Liebe und Dankbarkeit*

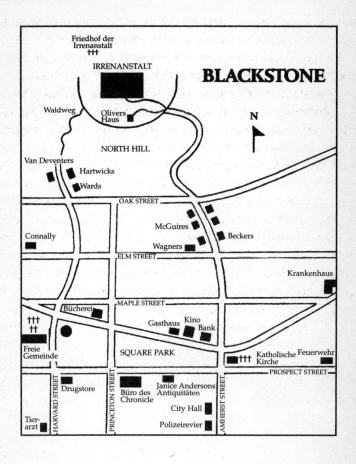

Liebe Leser,

in den vergangenen zwanzig Jahren war es mir ein Vergnügen, Sie mit Büchern über Horror und über Unheimliches zu unterhalten. Aber wie Sie sich sicherlich schon gedacht haben, gibt es mindestens ebenso viele Geschichten, die ich noch nicht geschrieben habe, weil sie einfach nicht in der Form veröffentlicht werden können, die als ›Roman‹ bezeichnet wird.

Jetzt, dank Stephen King und dank seines bahnbrechenden Fortsetzungsromans *The Green Mile*, steht uns allen diese wiederbelebte Form der Veröffentlichung zur Verfügung. Der Fortsetzungsroman ist alles andere als neu – seine Geschichte erstreckt sich von Dickens' in Fortsetzungen veröffentlichten Romanen in den 50er und 60er Jahren des 19. Jahrhunderts bis zu den Abenteuern, die meine Generation am Samstag nachmittag in das Kino lockten. Aber Fortsetzungs*romane* gab es seit der Zeit meines Großvaters nicht mehr – bis *The Green Mile* erschien.

So beobachtete ich mit wachsender Aufregung, wie die Fortsetzungen von Kings Geschichte bewiesen, daß diese Art der Veröffentlichung so aktuell wie zu Dickens' Zeit ist. Seit ich meinen ersten Roman, *Suffer the Children,* schrieb, ging mir die erfundene Stadt Blackstone nicht mehr aus dem Sinn. Ich sehe ihn deutlich vor mir, den Ort in New Hampshire: seine schattigen, dunklen Alleen und seine noch dunklere Geschichte. Seine Einwohner sind für mich lebendig. (Tatsächlich sind einige Figuren aus meinen anderen Romanen nach Blackstone umgezogen, wie Sie sehen werden.) Ihre Geheimnisse, ihre Sünden und die Sünden ihrer Väter wirken so real, daß sie mehr Erinnerungen als Erfindungen sind.

Es gibt einige führende Familien in meinem erfundenen Blackstone – die Connallys, Beckers, McGuires und die Hartwicks. Alle spielen eine Rolle in der Entwicklung des Dramas. Über Generationen hinweg war ihr Leben miteinander verflochten: Geburten, Hochzeiten, Todesfälle, Geschäftsbeziehungen, Rivalitäten, Notlagen und gelegentliche Triumphe (mit anderen Worten: der Stoff, aus dem das Lebens ist) haben unter ihnen die Beziehungen – und Abneigungen – geschaffen, die diese prominenten Bürger meiner kleinen Stadt teilen. Vor allem eine einzelne Person und eine Reihe von schockierenden und geheimnisvollen Umständen haben sie miteinander verbunden. Aber wie konnte ich diese Beziehungen, diese Ereignisse – und den Grund erklären, aus dem Böses erwuchs, das nun seinen Schatten auf ihr Leben wirft? Welches war die beste Form, um diese einzelnen Geschichten zu erzählen, die alle mit verheimlichten Augenblicken der Vergangenheit und mit einer mächtigen Kraft verknüpft sind?

Für mich war diese ›neue‹ Form, der Fortsetzungsroman, die Antwort auf meine Fragen. Und die *Blackstone Chroniken* nahmen schließlich auf der gedruckten Seite für mich Gestalt an, wie auch die Gegenstände – Werkzeuge des Bösen, wenn Sie so wollen –, die für mich jede der Geschichten symbolisieren, die ich erzählen wollte. *Die Puppe* ist die erste davon, und sie findet sich auf der Türschwelle der Familie McGuire. Wer Elizabeth und Bill McGuire dieses Geschenk schickte – und warum –, bleibt Ihrer Phantasie überlassen. Aber ich warne Sie: Die ganze Geschichte werden Sie erst am Ende erfahren, in einigen Monaten! In der Zwischenzeit werden weitere, sorgfältig ausgewählte Bürger von Blackstone Geschenke erhalten. Und ich hoffe, daß Ihnen die letzte Seite von jedem Band ein weiteres Teil des Puzzles enthüllt und Sie voller Spannung auf die nächste Fortsetzung warten werden. Und wenn Sie einen Band der *Blackstone Chroniken* zu Ende gelesen haben, werden Sie sich vielleicht in Ihrer Phantasie den Horror vorstellen, der in den Fortsetzungen auf Sie wartet.

So biete ich Ihnen ohne weiteres Tamtam *Die Puppe* an, das erste der sechs Geschenke, die ich in diesem Jahr für Sie vorbereitet habe.

Ich hoffe, Sie haben soviel Vergnügen an den Geschenken, wie ich es beim Einpacken hatte.

JOHN SAUL
10. Oktober 1996

Der Anfang

Die alte Seth-Thomas-Wanduhr schlug die Stunde. Oliver Metcalf tippte eben noch den Satz des Leitartikels zu Ende, an dem er gerade schrieb. Dann starrte er nachdenklich auf die Uhr, die weitaus länger an der Wand des kleinen Büros des *Blackstone Chronicle* hing, als Oliver sich erinnern konnte. Zum ersten Mal hatte ihn diese Uhr fasziniert, als sein Onkel ihn vor über vierzig Jahren hierher gebracht und ihm erklärt hatte, wie man die Zeit abliest. Und auch heute noch war er hingerissen von ihrem rhythmischen Ticken und ihrer Genauigkeit, die so perfekt war, daß sie pro Jahr nur um eine einzige Minute verstellt werden mußte.

Nachdem sie jetzt mit ihrem leisen Schlag das Verstreichen der Stunden seines Lebens angezeigt hatte, erinnerte sich Oliver, daß es Zeit für seine Rolle bei einem Ereignis war, das nur einmal stattfinden würde.

Heute unternahm die kleine Stadt Blackstone den ersten, bedeutenden Schritt in der Zerstörung eines Teils ihrer Geschichte.

Oliver Metcalf, Chefredakteur und Verleger der wöchentlich erscheinenden Zeitung der Stadt, war gebeten worden, eine Rede zu halten. Er hatte sich seit einigen Tagen Notizen zur Vorbereitung gemacht, wußte jedoch immer noch nicht, was genau er sagen würde, wenn er am

Rednerpult vor dem großen Steingebäude stehen und zu seinen Mitbürgern sprechen würde. Während er die Notizen in die Innentasche seines Tweed-Jacketts steckte, fragte er sich, ob ihm eine Eingebung kommen würde, wenn er schließlich die Rede halten mußte, oder ob er sprachlos auf die vor ihm versammelte Menge starren würde, die auf seine Worte wartete.

Fragen würden die Leute beschäftigen.

Fragen, die keiner seit Jahren laut ausgesprochen hatte.

Fragen, auf die er keine Antworten hatte.

Er schloß die Bürotür hinter sich ab und trat auf den Bürgersteig hinaus. Dann überquerte er die Straße, um zum Marktplatz zu gehen. Er spielte mit dem Gedanken, sich vor der Zeremonie zu drücken und statt dessen den Leitartikel zu Ende zu schreiben, an dem er den ganzen Morgen gearbeitet hatte. Der Tag war schließlich wie geschaffen dafür, im Haus zu bleiben. Der Himmel war schiefergrau, und der Wind der vergangen Nacht hatte die letzten Blätter von den hohen Bäumen geblasen, die vom Frühjahr bis zum Herbst die Stadt wie ein Baldachin überragten. Zu Beginn des Frühlings, als die gewaltigen Eichen und Ahornbäume die ersten Knospen bekommen hatten, war der Baldachin nur blaßgrün gewesen. Aber im Lauf des Sommers war das Laub dichter geworden, ein dunkles Grün, das Blackstone in der Augusthitze beschattet und vor den Regengüssen der Gewitter geschützt hatte, die auf dem Weg zur einige Meilen östlich gelegenen Atlantikküste vorbeizogen. In den vergangenen Wochen war das üppige Grün von der Pracht des Herbstes gefärbt worden, und eine Zeitlang hatte sich die kleine Stadt an den goldenen, roten und rotgelben Farbtönen der Blätter erfreut. Jetzt war der Boden mit dem Laub übersät, das bereits braun war und zu verfaulen begann, um wieder zu der Erde zu werden, aus der es stammte.

Oliver Metcalf ging auf die Hügelkuppe zu, auf der bald die meisten Bürger der Stadt versammelt sein würden. Es hatte noch nicht geschneit, aber zusammen mit dem Wind der vergangenen Nacht war ein kühler Regen gekommen. Oliver rechnete mit einem feuchten, kalten Winter. Das Grau des Tages schien perfekt zu seiner düsteren Stimmung zu passen. Die Bäume mit ihren kahlen Ästen reckten ihre skelettartigen Zweige grotesk gen Himmel, als wollten sie die tiefhängenden Wolken mit knochigen, verkrümmten Fingern abwehren. Oliver ging schnell durch die Straßen und nickte geistesabwesend den Leuten zu, die ihn ansprachen. Er versuchte, sich darauf zu konzentrieren, was er sagen würde, wenn sich die Menge bald vor dem bekanntesten Gebäude der Stadt versammelt haben würde.

Vor der Irrenanstalt von Blackstone.

Olivers ganzes Leben lang – wie auch im Leben von jedem anderen in Blackstone – ragte das massive Gebäude, erbaut mit den Steinen, die aus den Feldern rings um die Stadt ausgegraben worden waren, auf dem höchsten Hügel der Stadt, dem North Hill, auf. Seine lange mit Läden verschlossenen Fenster blickten über die Stadt, nicht als sei das Gebäude verlassen, sondern als schlafe es.

Als schlafe es und warte darauf, eines Tages zu erwachen.

Oliver fröstelte bei diesem Gedanken und verdrängte ihn schnell. Nein, das würde niemals geschehen.

Denn heute würde der Abriß der Irrenanstalt von Blackstone beginnen.

Eine Abrißbirne würde gegen diese dicken grauen Steinwände donnern, und nachdem das Gebäude die Stadt ein volles Jahrhundert lang beherrscht hatte, würde es nun dem Erdboden gleichgemacht werden. Die Mauern würden zerstört werden, die Türmchen fallen, und das mit Grünspan überzogene Kupferdach würde als Schrott verkauft werden.

Als Oliver durch das schmiedeeiserne Tor des Zauns um das insgesamt zehn Morgen große Grundstück der Irrenanstalt trat und über den breiten, gewundenen Zufahrtsweg zum Eingang ging, spürte er plötzlich eine Hand auf der Schulter und hörte die vertraute Stimme seines Onkels.

»Ein denkwürdiger Tag, nicht wahr, Oliver?« begrüßte ihn Harvey Connally, und seine kräftige, dröhnende Stimme strafte seine dreiundachtzig Jahre Lügen.

Olivers Blick folgte dem seines Onkels und heftete sich auf das stille Gebäude; er fragte sich, was dem alten Mann wohl durch den Kopf ging. Es hatte keinen Sinn, danach zu fragen. Trotz ihrer engen Beziehung war es stets weitaus angenehmer gewesen, mit seinem Onkel über Gedanken zu sprechen anstatt über Gefühle.

»Wenn du über Gefühle sprichst, mußt du über Leute sprechen«, hatte Harvey ihm einst gesagt, als er erst zehn oder elf gewesen und zu Weihnachten vom Internat nach Hause gekommen war. »Und über Leute zu sprechen ist Klatsch. Ich tratsche nicht, und du solltest das ebenfalls seinlassen.« Die Worte hatten Oliver deutlich klargemacht, daß es viele Dinge gab, über die sein Onkel nicht reden wollte.

Als der alte Mann immer noch zu dem Gebäude starrte, das nur ein paar Jahre vor Olivers Geburt auf dem Hügel errichtet worden war, konnte Oliver es sich jedoch nicht verkneifen, es ein letztes Mal zu versuchen.

»Dein Vater hat es erbaut, Onkel Harvey«, sagte er leise. »Bist du nicht ein wenig traurig, weil es abgerissen wird?«

Die Hand seines Onkels auf Olivers Schulter verkrampfte sich. »Nein, das bin ich nicht«, erwiderte Harvey Connally, und seine Stimme klang krächzend. »Und du solltest das ebensowenig sein. Wir können froh sein, daß wir den

Bau los sind, und wir sollten alles vergessen, was jemals dort geschehen ist.«

Er nahm die Hand von Olivers Schulter.

»Alles«, wiederholte er.

Eine halbe Stunde später stand Oliver auf dem Podium, das vor dem beeindruckenden Portal der Irrenanstalt errichtet worden war, und ließ seinen Blick über die Menge schweifen. Fast jeder war gekommen. Der Bankdirektor war ebenso anwesend wie der Bauunternehmer, der den größten Teil des alten Gebäudes abreißen und nur die Fassade stehenlassen würde. Laut Bauplan sollte das Innere durch einen Komplex von Läden und Restaurants ersetzt werden, der Blackstone neuen Wohlstand bescheren würde. Einen Wohlstand, der verlorengegangen war seit den Jahren, in denen die Anstalt für das finanzielle Auskommen der Stadt gesorgt hatte. Jeder an dem Projekt Beteiligte war anwesend, aber auch andere Leute, deren Eltern und Großeltern und sogar Urgroßeltern einst in den Mauern der Irrenanstalt gearbeitet hatten. Jetzt hofften sie, daß das neue Gebäude ihren Kindern und Enkeln Arbeit bieten würde.

Jenseits der Versammelten, gerade innerhalb des Tors, sah Oliver das kleine Steinhaus, das dem letzten Direktor der Irrenanstalt anläßlich seiner Hochzeit mit der Tochter des leitenden Aufsichtsrats der Anstalt geschenkt worden war.

Als die Irrenanstalt schließlich geschlossen wurde und der letzte Direktor starb, stand auch dieses Haus jahrelang leer. Dann kehrte der junge Mann, der es geerbt hatte, im Anschluß an sein Studium nach Blackstone zurück und zog in dieses Haus ein, in dem er geboren worden war.

Oliver Metcalf war heimgekehrt.

Er hatte nicht geglaubt, in dieser ersten Nacht überhaupt Schlaf zu finden, aber zu seiner Überraschung schien ihn das zweigeschossige Häuschen willkommen zu heißen wie einen Heimkehrer, und er hatte sich sofort heimisch gefühlt. Die Geister, mit denen er gerechnet hatte, waren nicht erschienen, und binnen weniger Jahre hatte er fast vergessen, daß er jemals woanders gewohnt hatte. Aber in all den Jahren, in denen er seither im Schatten der Irrenanstalt wohnte, die einst von seinem Vater geleitet worden war, hatte Oliver das Gebäude kein einziges Mal betreten.

Er sagte sich, daß er keinen Grund dazu hatte.

Tief in seinem Herzen wußte er, daß er es nicht konnte.

Etwas in diesen Mauern – etwas Unbekanntes – bereitete ihm namenloses Entsetzen.

Jetzt, als die Menge in erwartungsvolles Schweigen verfiel, rückte Oliver das Mikrofon zurecht und begann mit seiner Rede.

»Der heutige Tage bedeutet einen neuen Anfang in der Geschichte von Blackstone. Seit fast einem Jahrhundert hat ein einziges Gebäude das Leben jeder Familie – jedes Menschen – in unserer Stadt beeinflußt. Heute beginnen wir mit dem Abriß dieses Gebäudes. Dies bedeutet nicht nur das Ende einer Ära, sondern auch den Beginn einer neuen. Es wird nicht einfach sein, die alte Irrenanstalt durch das neue Blackstone Center zu ersetzen. Nach der Fertigstellung des neuen Gebäudes wird die Fassade genauso aussehen wie die des heutigen Gebäudes, erbaut aus denselben Steinen, die seit fast hundert Jahren an diesem Ort stehen. Das neue Gebäude wird für uns alle vertraut aussehen und doch zugleich anders sein ...«

Oliver redete eine halbe Stunde lang, und seine Gedanken ordneten sich, als er in der einfachen, methodischen Prosa sprach, die er benutzte, wenn er an seinem Computer saß und einen Bericht oder einen Leitartikel für die Zeitung schrieb. Als dann die Glocke der Gemeindekirche zwölf Uhr schlug, drehte er sich zu Bill McGuire um, dem Unternehmer, der mit dem Abriß des alten Gebäudes und dem Bau des neuen Komplexes von Läden und Restaurants beauftragt worden war.

Oliver nickte Bill zu, trat vom Podium herunter, ging die Treppe hinab zu den anderen Zuschauern und wandte sich dem Gebäude zu, als die große Abrißbirne zum ersten Mal gegen den hundertjährigen Bau donnerte.

Als der letzte Glockenschlag verhallt war, krachte die Abrißbirne gegen die Westwand des

Gebäudes. Ein Seufzen, das wie ein Stöhnen klang, ging durch die Menge, als sie beobachtete, wie Hunderte von Bruchsteinen einstürzten und ein klaffendes Loch in einer Mauer entstand, die jahrzehntelang solide gestanden hatte.

Doch Oliver nahm nichts von dem Seufzer wahr, denn als die Abrißbirne durch die Wand brach, schoß ein stechender Schmerz durch seinen Kopf.

Und durch den Schmerz ereilte ihn eine flüchtige Vision ...

Ein Mann geht die Treppe hinauf und durch das große Portal der Irrenanstalt. Er hält ein Kind an der Hand.

Das Kind weint.

Der Mann ignoriert das Weinen des Kindes.

Als sich der Mann und der Junge dem großen Eichenportal nähern, schwingt es auf.

Mann und Junge gehen hindurch.

Das gewaltige Portal schwingt wieder zu.

Prolog

Die Wolken des vergangenen Tages waren längst zum Meer hin fortgezogen, und der Vollmond stand hoch am Himmel. Auf dem nördlichen Hügel von Blackstone, dem North Hill, zeichnete sich die Irrenanstalt dunkel vor dem Nachthimmel ab, an dem Millionen Sterne funkelten und die Erde mit silbrigem Schein überzogen.

Es war jedoch niemand wach, um es zu sehen, ausgenommen eine dunkle Gestalt, die durch die zerstörte Mauer in das stille Gebäude kletterte, das seit fast vierzig Jahren leerstand. Die einsame Gestalt nahm nichts von der Schönheit der Nacht wahr. Sie bewegte sich lautlos vorwärts auf der Suche nach einer einzelnen Kammer, versteckt im Labyrinth der Räume, die von den kalten Steinwänden umgeben waren.

Die Gestalt schlich, ohne zu zögern, durch die Dunkelheit und fand sich mühelos zurecht in diesen Räumen. Wände und Türen wurden nur vom fahlen Mondschein erhellt, der durch die Ritzen in den Fensterläden und die staubbedeckten Scheiben sickerte.

Der Weg, den die Gestalt zurücklegte, führte hin und her, als bahne sie sich einen Weg durch Gruppen von Möbelstücken, bis sie schließlich zu einem kleinen, abgeteilten Raum gelangte. Ein anderer wäre daran vorübergegangen, denn der Eingang war hinter einer Wandverkleidung verborgen, und die einzige Beleuchtung bestand aus ein paar Strahlen Mondschein durch ein Fensterchen, das von jenseits der Mauern der Irrenanstalt kaum sichtbar war.

Das wenige Licht in der Kammer störte die dunkelgekleidete Gestalt ebensowenig wie die Schwärze der Räume, die sie bereits durchquert hatte, denn auch mit der Größe und dem Grundriß dieses Raums war sie vertraut.

An den Wänden der kleinen und quadratischen Kammer standen Regale, von denen jedes zahlreiche Gegenstände enthielt. Ein Museum, wenn man so wollte, das von der Vergangenheit der Irrenanstalt erzählte, eine Sammlung von Erinnerungsstücken, längst vergessene Besitzstücke derjenigen, die durch diese Räume gegangen waren.

Die Gestalt bewegte sich von Regal zu Regal, berührte einen alten Gegenstand nach dem anderen, erinnerte sich an die Vergangenheit und die Menschen, denen diese Dinge einst viel bedeutet hatten.

Ein Augenpaar glänzte in der Dunkelheit und zog die Aufmerksamkeit der Gestalt auf sich. Die mit diesen Augen verknüpfte Erinnerung war klar und deutlich.

So deutlich, als wäre es erst gestern geschehen ...

DIE PUPPE 25

Die Kleine saß auf dem Schoß der Mutter und schaute in den Spiegel, während die Mutter ihr das Haar bürstete und dabei etwas vorsang.

Ein drittes Gesicht tauchte im Spiegel auf; das kleine Mädchen hielt eine Puppe, und jeder, der die drei zusammen gesehen hätte, hätte die Ähnlichkeit bemerkt.

Alle drei – die Puppe, das Kind und die Mutter – hatten langes, blondes Haar, das ein jeweils ovales Gesicht mit feinen Zügen einrahmte.

Alle drei hatten die gleichen schönen blauen Augen.

Auf den Wangen aller drei schimmerte Rouge, und auf ihren Lippen lag der Glanz von scharlachrotem Lippenstift.

So, wie die Mutter das Haar des Kindes mit langen, gleichmäßigen Bewegungen bürstete, so bürstete auch das Kind das Haar der Puppe, liebevoll wie die Mutter ihres.

Während die Mutter leise sang, summte das kleine Mädchen ein Lied für die Puppe wie ihre Mutter für sie.

Durch das offene Fenster drangen die leisen Geräusche des Sommernachmittags herein und hüllten sie ein. Auf der Straße spielten ein paar Jungen aus der Nachbarschaft Baseball, und vom nächsten Block her klang die Melodie des Eiskrem-Wagens.

Die Mutter und das Kind nahmen das alles kaum wahr, so zufrieden waren sie in ihrer eigenen kleinen Welt.

Plötzlich wurde ihre Idylle durch das Knallen der Haustür gestört. Schwere Schritte näherten sich auf der Treppe, und die Mutter begann dem Kind den Lippenstift abzuwischen.

Das Kind drehte den Kopf zur Seite und ließ die Bürste fallen, mit der es das Haar der Puppe gebürstet hatte. Es umklammerte die Puppe und drückte sie fest an die Brust. »Nein! Ich mag es!« protestierte das Kind, aber die Mutter versuchte immer noch, den Lippenstift wegzuwischen.

Dann tauchte der Vater des Kindes mit zornesrotem Gesicht auf der Türschwelle des Schlafzimmers auf. Als er sprach, klang seine Stimme so laut und scharf, daß Mutter und Kind vor ihm zurückwichen.

»Das hätte nicht noch einmal passieren dürfen!«

Der Blick der Frau irrte auf der Suche nach einem Fluchtweg durch das Zimmer. Sie fand keinen, und als sie schließlich zum Sprechen ansetzte, brach ihre Stimme. »Es tut mir leid«, flüsterte sie. »Ich konnte nicht dagegen an. Ich ...«

»Kein Wort mehr!« fuhr ihr Mann sie an.

Wieder irrte der Blick der Frau verzweifelt durch das Schlafzimmer. »Natürlich, ich verspreche es. Diesmal ...«

»Diesmal war das letzte Mal«, sagte ihr Mann. Er kam ins Schlafzimmer, riß das Kind von ihrem Schoß und umfaßte die zarten Schultern der Kleinen. Seine Frau hob die Hände, wie um das Kind zurückzunehmen, aber er wich aus ihrer Reichweite. »Habe ich dir nicht gesagt, was passiert, wenn das nicht aufhört?«

Panik trat in die Augen der Frau, und sie sprang auf. »Nein!« flehte sie. »O Gott, nein, tu es nicht! Tu es bitte nicht!«

»Es ist zu spät«, erwiderte der Mann. »Du läßt mir keine andere Wahl.«

Er nahm dem Kind die Puppe ab und warf sie aufs Bett. Die Schreie des Kindes ignorierend, trug er es aus dem Schlafzimmer und die Treppe hinab. Im Erdgeschoß durchquerte er den langen Flur, ging durch das Anrichtezimmer und die große Küche, wo die Köchin stumm und wie erstarrt beobachtete, wie er zur Hintertür schritt. Aber bevor er die Tür öffnen konnte, tauchte seine Frau auf. Sie hielt die Puppe in der Hand.

»Bitte!« flehte sie. »Laß dem Kind die Puppe. Es liebt sie so. So sehr, wie ich sie liebe.«

Der Mann zögerte, und einen Augenblick hatte es den Anschein, er würde sich weigern. Aber als das Kind gequält aufschrie und nach der Puppe griff, gab er nach.

Die Frau schaute hilflos zu, während ihr Mann das Kind aus dem Haus trug. Ihr Gefühl sagte ihr, daß sie ihr Kind niemals wiedersehen würde. Und sie würde nie ein anderes haben dürfen.

Der Mann trug das Kind durch das große Eichenportal der Irrenanstalt und stellte die kleine, zitternde Gestalt schließlich auf die Füße. Eine Aufseherin tauchte auf und ging vor dem Kind in die Hocke.

»So ein hübsches kleines Ding«, sagte sie. Doch das Kind, das seine Puppe umklammerte, schluchzte nur, und die Aufseherin schaute zu dem Mann auf. »Ist das alles, was sie mitgebracht hat?«

»Es ist mehr als genug«, erwiderte der Mann. »Wenn sonst noch etwas gebraucht wird, lassen Sie es bitte mein Büro wissen.« Er blickte hinab zu seinem Kind. Der Augenblick dehnte sich so lange, daß ein kurzer Hoffnungsschimmer in den Augen des Kindes aufblitzte. Schließlich schüttelte der Mann den Kopf.

»Es tut mir leid«, sagte er. »Ich bedauere, was sie getan hat, und ich bedauere, daß ich es nicht verhindert habe. Jetzt gibt es keinen anderen Weg mehr.« Ohne sein Kind noch einmal zu berühren, drehte sich der Mann um und schritt durch das Portal davon.

Ohne daß man es dem Kind sagte, wußte es, daß es seinen Vater niemals wiedersehen würde.

Als sie allein waren, nahm die Aufseherin das kleine Mädchen an der Hand und führte es durch eine lange Halle und einige Treppen hinauf. Sie gingen über einen langen Flur, und schließlich führte sie das Kind in einen Raum. Nicht annähernd so schön wie sein Zimmer daheim.

Dieses Zimmer war klein, und das einzige Fenster war mit dicken Stäben vergittert.

Es gab ein Bett, aber es war kein Himmelbett wie daheim.

Es gab einen Stuhl, doch er war nichts im Vergleich zu dem Schaukelstuhl, den ihre Mutter in ihrem Lieblings-Blauton angestrichen hatte.

Es gab einen Schrank, aber der war in einem häßlichen Braun gestrichen, und das Kind wußte, daß seine Mutter diese Farbe haßte.

»Dies wird dein Zimmer sein«, sagte die Aufseherin.

Das Kind blieb stumm.

Die Aufseherin ging zu dem Schrank und nahm ein schlichtes Baumwollkleid heraus, das ganz anders als die schönen Dinge aussah, die die Mutter dem Kind geschenkt hatte. Es gab auch eine Unterhose und Socken, verwaschen und häßlich grau. »Und das wird deine Kleidung sein. Zieh die Sachen bitte gleich an.«

Das Kind zögerte, befolgte dann aber die Anweisung. Es schlüpfte aus dem mit Spitzen besetzten Kleidchen, das seine Mutter ihm an diesem Morgen angezogen hatte, und legte es behutsam aufs Bett, damit es nicht verknitterte. Dann zog es die Unterwäsche aus und griff gerade nach der neuen Unterhose, als die Aufseherin einen sonderbaren Laut ausstieß. Das Kind schaute auf und sah, daß die Frau mit großen Augen auf seinen nackten Körper starrte.

»Habe ich etwas Falsches getan?« fragte das Kind.

Die Aufseherin zögerte und schüttelte dann den Kopf. »Nein, Kind, natürlich hast du das nicht. Aber wir haben die falsche Kleidung für dich, nicht wahr? Kleine Jungen tragen keine Kleidchen, nicht wahr?« Die Aufseherin nahm die Puppe. »Und sie spielen gewiß nicht mit Puppen. Wir werden diese gleich wegnehmen.«

Das Kind schrie protestierend auf und ließ sich dann schluchzend aufs Bett fallen, aber das nutzte nichts. Die Aufseherin brachte die Puppe fort. Auch sie würde das Kind niemals wiedersehen.

Und niemand außerhalb der Mauern der Irrenanstalt würde jemals das Kind wiedersehen.

Die dunkle Gestalt wiegte die Puppe auf den Armen, blickte auf das Porzellangesicht, auf dem der Mondschein schimmerte, streichelte über das lange blonde Haar, erinnerte sich, wie es gekommen war, daß sie hier war. Und die dunkle Gestalt wußte, wem sie die Puppe jetzt schenken mußte ...

1

Elizabeth McGuire war besorgt. Es war jetzt fast vierundzwanzig Stunden her, daß ihr Mann den Anruf von Jules Hartwick erhalten hatte. Obwohl der Bankier Bill versichert hatte, das ›kleine Problem‹, das sich mit dem Blackstone Center ergeben hatte, sei nicht besonders ernst, hatte Bill seither still vor sich hin gebrütet. Den ganzen gestrigen Nachmittag war seine Aufregung schlimmer geworden. Beim Abendessen hatte ihm dann sogar die sechsjährige Megan, die ihn fast immer zum Lächeln bringen konnte, kaum mehr als einen mürrischen Grunzlaut entlockt.

Bill war bis spät in die Nacht unruhig im Haus auf und ab gegangen. Ins Bett war er schließlich erst gekommen, als Elizabeth nach unten gegangen war, über ihren gewölbten Leib gestrichen und ihren Mann informiert hatte, daß nicht nur sie einsam war, sondern auch ihr gemeinsames Baby, das bald das Licht der Welt erblicken würde. Das hatte Bill schließlich ins Bett gebracht, aber sie wußte, daß er keinen Schlaf gefunden hatte. Im Morgengrauen war er bereits auf und angezogen und kam Mrs. Goodrich, der Haushälterin, in die Quere.

Schlimmer noch, als Megan zehn Minuten später herunterkam, wollte sie als erstes wissen, ob ihr Papa krank war. Elizabeth versicherte der Kleinen, daß mit ihrem Vater alles in Ordnung war, aber Megan war nicht überzeugt und bot freiwillig an, ihren Papa zu pflegen, sollte er krank sein. Erst als Bill sie selbst in die Arme genommen und erklärt hatte, daß er sich prima fühlte, war Megan in die Küche gegangen, um Mrs. Goodrich bei den Vorbereitungen für das Frühstück zu helfen.

Als Elizabeth jetzt Bill ein zweites Mal Kaffee einschenkte, versuchte sie noch einmal, ihn zu beruhigen. »Wenn Jules Hartwick gesagt hat, es ist nichts Ernstes, verstehe ich nicht, warum du das bezweifelst.«

Bill seufzte schwer. »Ich wünschte, es wäre so einfach. Aber es war alles abgemacht. Ich meine, wirklich alles, bis zum gestrigen Einsatz der Abrißbirne ...«

»Der war hauptsächlich symbolisch«, erinnerte Elizabeth. »Nicht, als ob das ganze Gebäude schon abgerissen würde. Du hast mir gestern selbst gesagt, daß die Abrißbirne hauptsächlich um der Schau willen eingesetzt wurde.«

»Es war trotzdem der Anfang«, nörgelte Bill. »Ich sage dir, Elizabeth, ich habe einfach ein schlechtes Gefühl bei dieser Sache.«

»Nun, in zwanzig Minuten wirst du mehr wissen«, sagte Elizabeth mit einem Blick zur Uhr. »Es wird klappen, das weiß ich.« Sie stand vom Tisch auf und unterdrückte ein Stöhnen. »Dies muß das schwerste Baby aller Zeiten werden. Ich habe das Gefühl, es wiegt vierzig Pfund.«

Bill legte einen Arm um sie, und zusammen

gingen sie zur Haustür. »Bis in einer Stunde oder so«, sagte er. Er küßte sie geistesabwesend und wollte die Tür öffnen, als jemand klingelte. Bill zog die Tür auf. Der Postbote stand mit einem großen Paket auf der Veranda. »Noch ein Geschenk, Charlie?« fragte Bill. »Ist das für Weihnachten oder für das Baby?«

Der Postbote lächelte. »Schwer zu sagen. Weihnachten ist erst in ein paar Wochen, und auf dem Paket steht nur ›McGuire‹. Sie haben die Wahl! Es wiegt nicht viel, so groß es auch aussieht.«

»Das heißt, daß ich es tragen kann«, sagte Elizabeth und griff nach dem Paket, bevor Bill es nehmen konnte. »Danke, Charlie.«

»Das ist mein Job.«

Der Postbote tippte an seine Mütze, daß es fast wie ein militärischer Gruß wirkte. Elizabeth widerstand dem Wunsch, den Gruß zu erwidern. Sie begnügte sich mit einem Winken, rief ihrem Mann, der über die Veranda ging, ein »Tschüs« zu und kehrte ins Haus zurück. Sie schloß schnell die Haustür, um die Kälte des Dezemberanfangs auszuschließen.

Dann ging sie ins Eßzimmer und schaute verwundert auf das Paket.

Wie Charlie gesagt hatte, standen nur der Name McGuire und ihre Adresse in Blockbuchstaben darauf.

Kein Absender.

»Es wird spannend«, murmelte Elizabeth, als sie das Packpapier entfernte. Ein Karton. Sie wollte ihn gerade öffnen, als Megan ins Zimmer kam.

»Was ist das, Mama? Ist das für mich?«

Elizabeth spähte in den Karton und nahm eine Puppe heraus.

Eine schöne antike Puppe mit blauen Glasaugen und langem, blondem Haar.

Außer der Puppe befand sich nichts in dem Karton, kein Brief, keine Karte, nichts.

Abermals blickte Elizabeth auf die leere Stelle, an der der Name des Absenders hätte stehen sollen. »Sonderbar«, murmelte sie.

2

Bill McGuire ging den Hügel hinab zum Zentrum von Blackstone. Elizabeth hat recht, sagte er sich. Was auch immer am gestrigen Morgen Jules Hartwick zu dem Anruf bewogen hatte, es war nicht ernster, als Jules behauptet hatte.

»Wir müssen uns treffen«, hatte Hartwick erklärt. »Und ich finde, Sie sollten das Projekt mindestens ein, zwei Tage stoppen, bis wir miteinander geredet haben.«

Bill hatte eine Reihe von Fragen gestellt, um den Grund für den Anruf des Bankiers herauszufinden, doch Hartwick hatte die Antworten verweigert und nur gesagt, er könne sich noch nicht dazu äußern; aber Bill solle sich keine Sorgen machen.

Floskeln, bei denen Bills Beunruhigung nur noch gestiegen war. Warum in aller Welt sollte er sich *keine* Sorgen machen? Blackstone Center war das größte Projekt, das er jemals durchgezogen hatte. Er hatte zwei andere Aufträge – einen in Port Arbello, den anderen in Eastbury – sausenlassen, um sich ganz darauf zu konzentrieren, die alte Irrenanstalt in ein Geschäftszentrum umzubauen, das die langsam sterbende Stadt wiederbeleben würde. Das Blackstone Center war eigentlich zum großen Teil seine eigene Idee. Er hatte sich über ein Jahr lang Gedanken gemacht, bevor er das Projekt den Direktoren des

Blackstone Trust vorgeschlagen hatte. Der einzige, mit dem er von Anfang an darüber gesprochen hatte, war Oliver Metcalf, denn es war ihm klar gewesen, daß er ohne Olivers Unterstützung den Plan nie in die Tat hätte umsetzen können. Ein paar abfällige Leitartikel im *Chronicle*, und die Sache wäre gestorben gewesen. Aber Oliver war direkt von der Idee eines Blackstone Centers begeistert gewesen – mit einem einzigen größeren Vorbehalt.

»Und was ist mit mir?« hatte er gefragt. »Muß ich dann plötzlich an der belebtesten Straße der Stadt wohnen?«

Doch auch daran hatte Bill bereits gedacht. Er nahm sich einen Bleistift von Olivers überquellendem Schreibtisch und zeichnete schnell eine grobe Karte. Oliver konnte erkennen, daß die meisten Besucher des Zentrums nicht durch das vordere Portal kommen würden, sondern sich ihm von der Hinterseite nähern würden, wo einst der Dienstboteneingang gewesen war. Er war beruhigt gewesen und hatte das Projekt sofort unterstützt, nicht nur in der Zeitung, sondern auch bei seinem Onkel. Und nachdem Harvey Connally sich einmal für das Projekt erwärmt hatte – wenn auch widerstrebend –, war der Rest einfach gewesen. Bis vorgestern, als die Abrißbirne feierlich und symbolisch zum ersten Mal eingesetzt worden war und als Vorbereitung auf den Neubau ein Loch in die Westmauer der Irrenanstalt gerissen hatte, war der meiste Widerstand gegen das Projekt verschwunden. Bill McGuire und seine gesamte Belegschaft hatten in den Startlöchern gestanden, um am nächsten Tag mit der Arbeit loszulegen.

Gestern.

Aber nur Stunden nach der Eröffnungszeremonie war der unheilvolle Anruf von Jules Hartwick erfolgt. »Stoppen Sie für ein, zwei Tage!« »Keine Sorge« – und ob. Ja, Bill McGuire war besorgt. Die Sorgen brachten ihn fast um den Verstand.

Als er jetzt die Amherst Street zur Ecke Main Street hinunterging, an der das Backsteingebäude der First National Bank von Blackstone stand, stieg Furcht in ihm auf. Seine Nerven wurden zusätzlich strapaziert, als er vor der Tür der Bank auf Oliver Metcalf traf.

»Wissen Sie, was das alles zu bedeuten hat?« fragte Oliver.

»Hat er Sie ebenfalls angerufen?« erwiderte Bill und versuchte sein Gefühl zu verbergen, daß etwas ernsthaft schiefgegangen war.

»Gestern. Aber er wollte nicht sagen, worum es geht. Das ist kein gutes Zeichen.«

»Hat er Ihnen gesagt, Sie sollen sich keine Sorgen machen?«

Der Verleger nickte.

Er musterte McGuire. »Haben Sie eine Ahnung, was los ist?«

McGuire blickte sich um, aber sie waren allein. »Er sagte nur, ich solle das Center-Projekt stoppen. Sie können sich vorstellen, wie ich mich nach dem Anruf fühlte.«

»Ja«, sagte Oliver mit einem ironischen Lächeln, »das kann ich mir vorstellen.«

Die beiden Männer betraten die Bank, nickten den Kassierern zu, die hinter altmodischen Schaltern mit Milchglasscheiben standen, und gingen nach hinten zu Jules Hartwicks Büro.

»Mr. Hartwick und Mr. Becker erwarten Sie«, sagte Ellen Golding, die Sekretärin im Vorzimmer. »Sie können reingehen.«

Bill und Oliver tauschten Blicke. Was wollte Hartwick ihnen sagen, das die Anwesenheit seines Anwalts erforderlich machte?

Jules Hartwick stand auf, als sie das mit Walnußholz getäfelte Büro betraten, kam um den Schreibtisch herum und begrüßte die beiden Männer so herzlich wie immer. Die Geste änderte jedoch nichts an Bill McGuires böser Vorahnung. Er hatte schon vor langer Zeit die Erfahrung gemacht, daß ein herzlicher Händedruck und ein freundliches Lächeln in der Bankwelt absolut nichts zu bedeuten hatten. Und tatsächlich verschwand Hartwicks Lächeln, als er sich wieder in seinem mit rotem Leder bezogenen Drehsessel hinter den Schreibtisch niederließ. »Es fällt mir schwer, Ihnen dies zu sagen«, begann er und schaute von Bill McGuire zu Oliver Metcalf und wieder zurück.

»Ich nehme an, es hat mit der Finanzierung des Blackstone Centers zu tun, richtig?« fragte der

Bauunternehmer, der seine schlimmsten Befürchtungen bestätigt sah und sich plötzlich fühlte, als habe er einen Schmetterling im Magen.

Der Bankier atmete tief durch. »Ich wünschte, es wäre so einfach«, sagte er. »Wenn es nur um das Center-Projekt ginge, könnte ich arrangieren, daß ein Überbrückungskredit für ein paar ...«

»Überbrückungskredit?« unterbrach McGuire. »Um Himmels willen, Jules, warum würde ich einen Überbrückungskredit brauchen?« Er erhob sich aus seinem Besuchersessel und ballte unbewußt die Hände zu Fäusten. »Die Finanzierung steht!« Aber noch während er das sagte, wurde McGuire klar, daß es nicht mehr stimmte, so wahr seine Behauptung vor ein paar Tagen auch noch gewesen sein mochte. »Verzeihung«, sagte er und ließ sich in seinen Sessel zurücksinken. »Was ist los? Was ist passiert?«

»Wir halten es eigentlich nicht für sehr ernst«, sagte Ed Becker, doch etwas in seinem Tonfall verriet McGuire und Oliver Metcalf, daß etwas Schlimmes folgen würde. »Die Zentralbank hat einen vorübergehenden Kreditstopp für die Bank verhängt und ...«

»Wie bitte?« unterbrach Oliver Metcalf. »Sagten Sie die Zentralbank?« Er blickte von dem Anwalt zu dem Bankier. »Was genau geht hier vor, Jules?«

Jules Hartwick rutschte unbehaglich in seinem Sessel hin und her. Seit zwanzig Jahren, seit er die Bank nach dem plötzlichen Tod seines Vaters übernommen hatte, war es das Schlimmste an seiner Arbeit, einem Kunden sagen zu müssen – für gewöhnlich jemandem, den er sein Leben lang kannte –, daß er ihm keinen Kredit geben konnte. Aber dies war schlimmer.

Viel schlimmer.

Das Baukonto war eingerichtet, die ersten Gelder waren bereits überwiesen worden. Und Bill McGuire hatte schon Personal eingestellt. Zwei der Männer, die an dem Projekt arbeiten würden, Tom Cleary und Jim Nicholson, waren erst gestern in die Bank gekommen und hatten kleine Raten als Abzahlungen von Schulden geleistet, die sie seit Monaten bei der Bank angehäuft hatten. So wie er – und sein Vater vor ihm – es stets getan hatte, war Jules bei beiden Männer bereit gewesen, bis nach Weihnachten mit der Abzahlung der Schulden zu warten. Was konnte das schließlich schaden? Tommy hatte bereits seit anderthalb Jahren Schulden bei der Bank und Jim seit neun Monaten.

Was machte da ein weiterer Monat?

Sollten die Männer und ihre Angehörigen doch die Feiertage genießen.

Aber jetzt würden diese Männer kein Gehalt mehr bekommen, aus dem einfachen Grund, daß die Routineprüfung der Zentralbank einen ›unverhältnismäßig großen Prozentsatz‹ an faulen Krediten ergeben hatte.

So viele, daß die Zentralbank alle neuen Kreditvergaben der Bank von Blackstone gestoppt hatte, bis sie belegen konnte, wie sie die Kredite abwickeln würde.

Aber für Jules Hartwick waren es keine ›faulen‹ Kredite. Es waren Kredite an Leute, die er sein Leben lang kannte, Leute, die hart gearbeitet und stets ihr Bestes getan hatten, um ihren Verpflichtungen nachzukommen. Keiner davon hatte absichtlich einen Job aufgegeben oder war zu lasch bei der Suche nach einer neuen Arbeitsstelle gewesen. Sie waren einfach Opfer eines ›schrumpfenden‹ Arbeitsmarktes geworden – ein Wort, das Jules Hartwick allmählich haßte – und würden ihre Schulden bezahlen, wenn die Dinge für sie wieder besser liefen.

Jetzt, dank seiner Entscheidung, all diese Kredite weiter laufen zu lassen, konnte die Bank das Center-Projekt nicht finanzieren. Ironischerweise hatte die Zentralbank dafür gesorgt, daß wenigstens einige der Männer, deren Darlehen eine Quelle der Besorgnis für die Wirtschaftsprüfer gewesen war, Jobs verloren, die ihnen erlaubt hätten, ihre Kredite abzubezahlen.

»Die Buchprüfer sind anscheinend besorgt über die Art unserer Kreditvergabe«, sagte Hartwick und zwang sich, Bill McGuire offen in die Augen zu sehen. »Im Moment sind wir nicht in der Lage, weiterhin das Baukonto zu führen.« Er wandte sich an Oliver Metcalf. »Ich wollte Sie hier dabeihaben, damit Ed erklären kann, was genau geschieht. Die Bank ist nicht insolvent, und ich bin überzeugt, wir können all dies in ein paar Wochen in Ordnung bringen. Aber wenn bekannt würde, daß die Zentralbank unsertwegen nervös ist, nun, Sie werden sich vorstellen können, was dann passieren würde.«

»Ein Run auf die Bank«, sagte Oliver. »Könnten Sie überleben, wenn fast alle Kunden ihre Konten auflösen und/oder ihre Einlagen abheben?«

Jules Hartwick zuckte die Achseln. »Vielleicht. Schlimmstenfalls könnten wir unsere Unabhängigkeit verlieren. Letzten Endes würde keiner unserer Kunden einen Cent verlieren, aber wir würden von einer der großen Banken geschluckt und zu einer der kleinen Filialen werden, die keine eigenen Entscheidungen treffen können.«

»Sie haben uns allen ganz schön was eingebrockt«, sagte Bill McGuire. »Was soll ich meinen Leuten sagen, Jules? Daß sich die Jobs, mit denen sie fest gerechnet hatten, in Luft aufgelöst haben? Ganz zu schweigen von meinem eigenen Job.« Diesmal blieb er sitzen, doch seine Stimme wurde lauter. »Haben Sie eine Ahnung davon, wieviel Arbeit ich in dieses Projekt gesteckt habe? Können Sie sich das überhaupt vorstellen? Ich habe bereits jede Menge Kapital investiert, Jules. Und das Baby kommt in einem Monat zur Welt, und ich ...« Angesichts der gequälten Miene des Bankiers unterbrach er abrupt die Tirade, zu der er ansetzen wollte, erkennend, daß Hartwicks Kummer echt war. Was hatte es für einen Sinn, Jules anzuschreien? Er zwang sich, ruhiger zu werden. »Haben Sie eine Vorstellung davon, wie lange sich die Sache verzögern könnte?« fragte er in ruhigerem Tonfall. »Handelt es sich nur um ein vorübergehendes Einfrieren von Geldern, oder ist das Projekt gestorben?«

Hartwick schwieg lange. Schließlich breitete er hilflos die Arme aus. »Ich weiß es nicht«, sagte er. »Ich hoffe, es dauert nur ein, zwei Wochen, aber ich kann Ihnen nichts versprechen.« Er zögerte und zwang sich dann weiterzusprechen. »Es könnte Monate dauern.«

Der Bankier bemühte sich um weitere Erklärungen, aber Bill McGuire hörte nicht mehr zu. Statt dessen überlegte er bereits, was er jetzt tun sollte.

An diesem Nachmittag würde er nach Port Arbello fahren und feststellen, ob er doch noch einmal ein Gebot für das Projekt von Eigentumswohnungen abgeben konnte, das er vor drei Wochen abgelehnt hatte. Obwohl das Projekt erst im nächsten Frühjahr beginnen sollte, konnte er vielleicht den Job sichern, und die Finanzierung würde sie eine Weile über Wasser halten. Und während er dort oben war, konnte er vielleicht mit den Bauträgern des Projekts reden, um eine neue Finanzierungsmöglichkeit für das Blackstone-Projekt zu finden.

»Nun, was meinen Sie?« fragte er Oliver Metcalf zwanzig Minuten später beim Verlassen der Bank. »Ist alles vorüber, bevor es begonnen hat?«

Metcalf schüttelte den Kopf. »Meiner Ansicht

nach nicht. Ich werde nur einen kleinen Artikel bringen, von einer Verschiebung des Projekts schreiben und vielleicht andeuten, daß noch einige Genehmigungen eingeholt werden müssen. Dann werden wir sehen, wie es weitergeht.«

McGuire nickte, wandte sich ab und ging die Amherst Street hinauf. Er hatte erst ein paar Schritte zurückgelegt, als Metcalf ihm nachrief:

»Bill? Grüßen Sie Elizabeth und Megan von mir. Und versuchen Sie, sich keine Sorgen zu machen. Es wird schon klappen.«

McGuire zwang sich zu einem Lächeln. Er wünschte, er könnte Oliver Metcalfs Optimismus teilen.

3

Als Oliver Metcalf die Bank verließ, formulierte er im Geist bereits seinen Leitartikel, aber anstatt zu seinem Büro zurückzukehren, wandte er sich in die entgegengesetzte Richtung. Er ging einen Block weiter die Main Street hinunter zur Ecke Princeton, wo die alte Carnegie-Bücherei stand, die Harvey Connallys Vater vor fast einem Jahrhundert gestiftet hatte.

Obwohl die meisten der alten Carnegie-Büchereien, die in Kleinstädten im ganzen Land entstanden waren, schon vor Jahrzehnten durch viel modernere ›Medienzentren‹ ersetzt worden waren, hatte sich an der Bücherei in Blackstone sowenig verändert wie am Rest der Stadt. Ihre Erhaltung war zum einen auf Blackstones Stolz auf seine historischen Gebäude und zum anderen auf den Mangel an Geldern für Modernisierungen zurückzuführen. Es gab ein paar neue Gebäude – ›neu‹ in dem Sinn, daß sie weniger als fünfzig Jahre alt waren –, doch der Großteil der Stadt sah aus wie vor hundert Jahren. Von manchen Häusern blätterte die Farbe, und der Zahn der Zeit hatte auch andere Spuren hinterlassen. Einige Gebäude waren seit über zwei Jahrhunderten unverändert.

In Oliver Metcalfs Erinnerung hatte sich die Bücherei überhaupt nicht verändert. Vielleicht waren die Bäume ringsum ein bißchen größer geworden seit der Zeit, als er ein kleiner Junge gewesen war. Aber selbst damals waren die Ahornbäume auf dem vorderen Rasen bereits ziemlich groß gewesen, und die ausladenden Zweige und das Blätterdach hatten der ›Story Lady‹ Schatten gespendet, wenn sie den Kindern in den Sommermonaten an jedem Donnerstagnachmittag vorgelesen hatte. Jetzt, vierzig Jahre später, gab es immer noch eine ›Story Lady‹, und sie versetzte die Kinder von Blackstone immer noch an warmen Donnerstagen im Sommer mit ihren Geschichten in Verzückung. Oliver nahm an, daß es immer eine ›Story Lady‹ geben würde. Er hoffte es jedenfalls.

Heute sah Oliver jedoch keine Vorleserin und keine Ansammlung von Kindern, als er die steile Treppe zur Bücherei hinaufstieg – abgenutzt durch die Schritte vieler Generationen – und durch die äußere doppelflügelige Tür ging, die wie ein Puffer zwischen der Kälte des Dezembers draußen und der behaglichen Wärme der altmodischen Heizkörper im Inneren wirkte. Deren gelegentliches Gluckern war das lauteste Geräusch, das man je zwischen den Wänden dieses Gebäudes gehört hatte.

Die Heizkörper gaben eigentlich zuviel Hitze ab, aber niemand hatte etwas dagegen, weil Germaine Wagner, die jetzt seit fast zwanzig Jahren die Bücherei leitete, stets behauptete: »Ein warmer Raum sorgt dafür, daß man gute Bücher zu würdigen weiß.«

Oliver hatte nie herausgefunden, welche Verbindung es zwischen Temperatur und Literatur geben sollte, aber Germaine war bereit, für ein Gehalt zu arbeiten, das so niedrig war wie das Gebäude alt; wenn sie die Heizung voll aufdrehen wollte, dann sollte sie das tun.

Als Oliver durch die zweite doppelflügelige Tür ging, blickte Germaine von einem Stapel mit Büchern auf, die sie gerade in die Bücherregale zurückstellte – immer noch versehen mit altmodischen Karten für das Ausleihdatum und die Unterschrift der Leute, die sie entliehen hatten; die Karten steckten in Umschlägen, die an die Innenseite der Buchdeckel geklebt waren. Germaine spähte über die Ränder ihrer Halbbrille hinweg zu Oliver, steckte den Bleistift in den dicken Dutt, der ordentlich auf ihrem Kopf festgesteckt war, und winkte ihn zu ihrem Schreibtisch.

»Es kursieren Gerüchte, daß es vielleicht Probleme mit dem Blackstone Center gibt«, sagte sie in dem professionellen Flüsterton, mit dem sie rowdyhafte High-School-Schüler aus sieben Metern Entfernung zum Schweigen bringen konnte.

Oliver ging in Gedanken die Möglichkeiten durch, wie das Gerücht so schnell entstanden sein konnte. Er nahm an, daß Germaine gesehen hatte, wie er mit Bill McGuire in die Bank gegangen war, und sofort das Schlimmste angenommen hatte. Das wäre typisch für sie. Oder jemand anderes hatte sie gesehen und es Germaine erzählt.

Aber wahrscheinlicher war, daß Germaine nur auf den Busch klopfte, um ihrer Mutter eine interessante Neuigkeit mit nach Hause bringen zu können.

Die alte Clara Wagner, die im Rollstuhl saß, hatte das Haus seit mindestens einem Jahrzehnt nicht mehr verlassen, und sie liebte ein gutes Gerücht noch mehr als Germaine.

Germaine gegenüber zu schweigen war gleichbedeutend mit der Garantie, daß jedes Gerücht, das sie weitererzählte, mit seinem Namen in Verbindung gebracht werden würde (»Ich habe Oliver Metcalf rundheraus gefragt, und er hat es *nicht* bestritten!«). So hielt Oliver es für das beste, sie auf eine falsche Fährte zu locken. »Nun, ich weiß, daß Bill noch mit einigen anderen Projekten ziemlich beschäftigt ist«, sagte er. »Ich nehme an, wenn er sie abgewickelt hat, stürzt er sich mit voller Kraft auf das Projekt Irrenanstalt.«

Germaine spitzte mißtrauisch die Lippen. »Mir kommt es komisch vor, daß er Material und Maschinen unbenutzt herumstehen läßt. Das paßt gar nicht zu Bill McGuire.« Ihr scharfer Blick durchbohrte Oliver förmlich. »Der hat nie auch nur einen Penny vergeudet, Oliver.«

»Nun, ich bin überzeugt, er weiß, was er macht«, sagte Oliver. Dann, damit sie das Kreuzverhör nicht fortsetzte, fügte er hastig hinzu: »Eigentlich bin ich wegen des Center-Projekts vorbeigekommen. Ich plane eine Serie über die Geschichte des Gebäudes.«

Die Bibliothekarin fixierte ihn. »Ich hätte gedacht, Sie haben alles Material, das Sie brauchen, gleich in Ihrem Haus, wenn man bedenkt, wer Ihr Vater war.«

Plötzlich fühlte sich Oliver wie ein kleiner Junge, der ohne seine Hausarbeit zur Schule gekommen war. »Ich befürchte, mein Vater hat nicht viele Erinnerungsstücke aufbewahrt«, sagte er.

Die Bibliothekarin kniff die Augen zu Schlitzen zusammen. »Das kann ich mir denken.« Ihr Tonfall war so scharf und kalt, daß Oliver zusammenzuckte, aber er versuchte, sich nicht anmerken zu lassen, welche Wirkung die Worte erzielten.

Wie er sein ganzes Leben lang versucht hatte, so zu tun, als ob Blicke und Worte wie die Germaine Wagners keine Wirkung auf ihn hatten.

»Es sind nur Gerüchte, Oliver«, hatte ihm sein Onkel immer wieder gesagt. »Sie haben nicht mehr Ahnung davon, was wirklich passiert ist, als jeder andere. Am besten ignoriert man sie einfach. Früher oder später werden sie über andere Dinge reden.« Sein Onkel hatte recht gehabt. Im Laufe der Jahre hatten ihn immer weniger Leute neugierig angeschaut oder versucht, ihn zu fragen, was vor all diesen Jahren *wirklich* mit seiner Schwester passiert war. Aber natürlich hatte Oliver nicht mehr darüber gewußt als jeder andere. Als er vom College nach Hause zurückgekehrt war und die Arbeit für die Zeitung begonnen hatte, war alles so gut wie vergessen gewesen.

Nur dann und wann, bei Leuten wie Germaine Wagner, passierte es ihm immer noch, daß ein Blick alte Wunden aufreißen und ein Tonfall verletzen konnte. Aber er konnte nichts dagegen tun; wie Oliver selbst würden die Germaines dieser Welt sterben müssen, ohne die Wahrheit zu kennen.

»Ich erinnere mich wirklich nicht mehr an vieles von meinem Vater«, sagte er jetzt vorsichtig. »Und das ist ein Teil des Grundes, aus dem ich hier bin. Ich dachte mir, daß jetzt die Irrenanstalt endlich für einen guten Zweck genutzt wird und es an der Zeit ist aufzuschreiben, weshalb sie überhaupt hier gebaut wurde.«

»Die Pflege der Geisteskranken war eine völlig passende Verwendung des Gebäudes«, entgegnete Germaine. »Meine Mutter war sehr stolz auf ihre Arbeit dort.«

»Das war auch richtig so«, versicherte Oliver hastig. »Aber die Anstalt ist schon so lange geschlossen, daß ich wirklich nicht mehr viel darüber weiß. Und ich nehme an, daß das historische Material, das noch darüber existiert, hier oben im Dachgeschoß lagert. Ich möchte mal nachsehen, ob ich etwas finden kann.«

Er wartete, während die Bibliothekarin über seine Bitte nachdachte. Im Laufe der Jahre hatte sich Germaine Wagner angewöhnt, den Inhalt der Bücherei als ihren persönlichen Besitz zu betrachten, und sie neigte dazu, es als persönliche Beleidigung zu werten, wenn jemand die Ausleihzeit eines Buches auch nur um einen Tag überzog. Oliver nahm an, daß sie es als Verletzung ihrer Privatsphäre empfand, wenn jemand in den Kartons mit alten Dokumenten, Tagebüchern und Erinnerungsstücken schnüffelte, die sich im Lauf der Jahrzehnte seit Bestehen der Bücherei angesammelt hatten.

»Nun, ich nehme an, es gibt keinen Grund, warum Sie sich nicht ansehen sollten, was es dort gibt«, sagte Germaine schließlich in bekümmertem Tonfall, als bereue sie ihr Zugeständnis bereits. »Ich werde Rebecca herunterholen lassen, was wir dort oben haben.«

Als wäre die Erwähnung ihres Namens das Stichwort, tauchte ein Mädchen aus dem Hinterzimmer auf.

Eigentlich war es kein Mädchen. Rebecca Morrison war Ende Zwanzig und hatte ein herzförmiges Gesicht, das, süße Unschuld ausstrahlend, von ihrem weichen kastanienfarbenen Haar umrahmt wurde, das sie mit einem Mittelscheitel trug. Ihre mandelförmigen Augen waren dunkelbraun und blickten arglos und treuherzig.

Oliver kannte sie seit ihrer Kindheit, und als er nach dem Autounfall, durch den die damals sechzehnjährige Rebecca zur Waise geworden war, den Nachruf auf die Verstorbenen hatte schreiben müssen, hatte er Tränen vergossen. Wochenlang nach dem Autounfall hatte Rebecca zwischen Leben und Tod geschwebt. Obwohl es viele Leute in Blackstone gab, die sich angewöhnt hatten, sie als »arme Rebecca« zu bezeichnen, dachte Oliver anders. Es hatte Monate gedauert, bis sich das Mädchen von ihren Verletzungen erholt hatte, und wenn auch ihr Lächeln trauriger und ihr Verstand langsamer geworden waren, als sie aus dem Krankenhaus entlassen worden war, wog für Oliver die Lieblichkeit von Rebeccas Persönlichkeit den leichten geistigen Schaden, den sie bei dem Unfall davongetragen hatte, mehr als auf.

Als sie ihn jetzt anlächelte, empfand er das vertraute behagliche Gefühl, das ihre Anwesenheit ihm stets bereitete.

»Oliver möchte sehen, ob es auf dem Speicher irgendeine Information über die Irrenanstalt gibt«, erklärte Germaine Wagner forsch. »Ich habe ihm gesagt, daß es nicht sicher ist, aber vielleicht kannst du mal nachsehen.«

»Oh, da ist ein ganzer Karton voller Dinge«, sagte Rebecca, und Oliver glaubte Mißbilligung in Germaine Wagners Augen erkennen zu können. »Ich hole ihn sofort runter.«

»Ich werde Ihnen helfen«, bot Oliver an.

»Das ist nicht nötig«, beteuerte Rebecca. »Ich kann das allein.«

»Aber ich möchte helfen«, beharrte Oliver.

Als er Rebecca zur Treppe folgte, die zum Zwischengeschoß und dann zum Speicher führte, spürte er den Blick der Bibliothekarin im Rücken, und er mußte dem Wunsch widerstehen, sich umzuwenden und zurückzustarren. Er sagte sich, daß der Großteil von Germaines Problemen wohl einfach auf die Tatsache zurückzuführen war, daß ihr vermutlich nie ein Mann die Treppe hinauf gefolgt war.

Zehn Minuten später stand ein großer, staubiger Karton mit Aktenordnern, Fotoalben, Briefen und Tagebüchern auf einem der großen Eichentische, die in zwei Reihen vorne in der Bücherei nahe bei den Fenstern aufgestellt waren. Oliver setzte sich auf einen der harten Eichenstühle und nahm ein Fotoalbum aus dem Karton. Er legte es auf den Tisch vor sich und öffnete es aufs Geratewohl.

Und starrte auf ein Foto seines Vaters.

Die Aufnahme war vor vielen Jahren gemacht worden, lange vor Olivers Geburt. Auf dem Foto stand Malcolm Metcalf vor dem Portal der Irrenanstalt, hatte die Arme vor der Brust verschränkt und blickte so finster in die Kamera, daß es fast bedrohlich wirkte.

Bedrohlich für wen? fragte sich Oliver.

Als er auf das Schwarzweißfoto blickte, erschauerte er. Als wäre er es, durch den sich Malcolm Metcalfs drohender Blick bohrte.

Aber der böse Blick galt natürlich dem unsichtbaren Fotografen; sein Vater hatte ihn nicht näher an die Irrenanstalt heranlassen wollen.

Auf dem Foto schien Malcolm Metcalf das Portal seiner Irrenanstalt vor dem neugierigen Auge der Kamera beschützen zu wollen.

Wie um dem finsteren Starren seines Vaters zu entkommen, blätterte Oliver schnell in dem Fotoalbum, als ihn plötzlich ein Bild aus den Seiten des Albums anzuspringen schien.

Ein Junge ist an ein Bett geschnallt.
Seine Hände sind gefesselt, seine Knöchel sind festgebunden.
Auf seinen Oberkörper fällt ein Schatten.
Der Junge schreit ...

Oliver blinzelte und schüttelte den Kopf. Er blätterte schnell weiter und suchte nach dem Bild.

Doch es gab kein solches Bild in dem Fotoalbum.

4

Wie so oft verharrte Bill McGuire auf dem Bürgersteig vor seinem Haus, um es zufrieden zu betrachten. Das Haus, in dem er fast sein ganzes Leben lang gewohnt hatte, war in viktorianischem Stil erbaut – das einzige in diesem Block der Amherst Street –, und obwohl Bill nur zu gut die gegenwärtige Mode kannte, Häuser wie seines pink-, purpur- oder lavendelfarben anzustreichen, waren weder Elizabeth noch er jemals versucht gewesen, das alte Haus mit einem halben Dutzend Farben zu verunstalten. Statt dessen hatten sie die erdigen Farbtöne des Zeitstils beibehalten – senffarben, gelbbraun, grün und kastanienbraun – und auch die schmucken weißen Zierleisten – von den ursprünglichen Erbauern als eine Art Borte gedacht –, die dem Haus trotz seiner Größe etwas Leichtes geben sollten.

Das Haus war eines von nur sechsen in diesem Block, und alle waren so gut gepflegt wie das der McGuires. Die Amherst Street, die leicht zum Hügel anstieg, mit sanften Kurven nach links und dann wieder nach rechts abbog, bis sie vor dem Portal der alten Irrenanstalt endete, hätte man leicht zu einer Art von lebendigem Architektur-Museum erklären können. Neben dem Haus der McGuires stand ein großes Haus im Tudor-Stil, und auf der anderen Seite befand sich ein gutes Beispiel für die Architektur zur Zeit des Bürgerkriegs. Auf der anderen Straßenseite standen zwei Häuser aus der Jahrhundertwende, getrennt durch einen großen, schmucklosen Klotz, der sich – jedenfalls in Bills Augen – leicht zu schämen schien, wenn er die viktorianische Pracht seines Nachbarn vis-à-vis sah. Alle sechs Häuser standen auf großen Grundstücken und waren von so vielen Bäumen und Büschen umgeben, daß der Block einem Park ähnelte.

Als Bill heute zu seinem Haus mit der Fülle von Spitztürmen und stehenden Dachfenstern schaute, hatte er das sonderbare Gefühl, daß etwas nicht in Ordnung war. Er suchte nach irgendwelchen Anzeichen, die sein Unbehagen erklären würden, aber er konnte keine entdecken. Die Farbe blätterte nicht ab, und es fehlte kein einziger Dachziegel. Er suchte schnell die Zierleisten ab, auf deren perfekte Restaurierung er stets besonders stolz gewesen war, aber alles sah genauso aus, wie es sein sollte. Keine Leiste fehlte oder war gebrochen. Bill sagte sich, daß sein Unbehagen nur die Nachwehen seiner schlechten Stimmung nach dem Treffen in der Bank waren. Er schritt schnell über den gepflasterten Weg zum Haus, stieg die Treppe zur Veranda hinauf und trat ein.

Das Gefühl, daß etwas nicht in Ordnung war, wurde stärker.

»Elizabeth?« rief er. »Megan? Ist jemand da?«

Einen Augenblick lang hörte er überhaupt

nichts. Dann wurde die Tür geöffnet, die zum Anrichteraum am fernen Ende des Eßzimmers führte, und Mrs. Goodrichs gebeugte Gestalt tauchte auf. Sie schlurfte auf ihn zu.

»Sie sind beide oben«, sagte die alte Frau. »Sie sollten raufgehen und mit der Missus reden. Ich glaube, sie ist ein bißchen aufgeregt. Und ich mache Mittagessen für die ganze Familie.« Die alte Frau, die bei Elizabeth war, seit sie als Kind in Port Arbello gewohnt hatte, schaute ihn besorgt an. »Sie werden doch zum Essen hier sein, oder?«

»Ich werde hier sein, Mrs. Goodrich«, versicherte er ihr. Als die Haushälterin langsam zurück zur Küche ging, stieg Bill die Treppe hinauf. Bevor er auf halbem Weg zum Obergeschoß war, tauchte Megan auf und blickte mit dunkelbraunen Augen unsicher auf ihn herab.

»Warum kann ich meine Puppe nicht haben?« fragte sie. »Warum will Mama sie mir nicht geben?«

»Puppe?« wiederholte Bill. »Von welcher Puppe redest du?«

»Von der, die mir jemand geschickt hat«, sagte Megan. »Mama will sie mir nicht geben.«

In diesem Moment tauchte Elizabeth hinter ihrer Tochter auf.

Sie war noch in Nachthemd und Morgenmantel wie bei Bills Verabschiedung vor drei Stunden. Elizabeth lächelte schwach. »Schätzchen, ich will dir die Puppe nicht vorenthalten. Ich gebe sie dir nur nicht, weil wir nicht wissen, für wen sie bestimmt ist.«

»Würde mich mal jemand aufklären, was los ist?« fragte Bill und stieg die Treppe hinauf. Er ging in die Hocke und gab Megan einen Kuß, dann richtete er sich auf und legte den Arm um seine Frau. Das Lächeln, das sein Kuß bei Megan hervorgerufen hatte, verschwand.

»Sie ist für mich!« behauptete sie. »Wenn du sie siehst, wirst du das wissen.«

»Komm mit«, sagte Elizabeth. »Sie ist in unserem Schlafzimmer. Ich zeige sie dir.«

Megan ergriff die Hand ihres Vaters, und Bill folgte seiner Frau in das große Elternschlafzimmer. Auf der alten Chaiselongue, einst der Lieblingsplatz seiner Mutter zum Sitzen und Lesen, stand der Karton, den der Postbote an diesem Morgen gebracht hatte. Elizabeth entnahm dem Karton die Puppe und hielt sie automatisch auf den Armen, als wäre es ein Baby. »Sie ist wirklich sehr schön«, sagte sie, als Bill näher trat. »Ich glaube, ihr Gesicht muß handbemalt sein, und die Kleidung sieht auch nach Handarbeit aus.«

Bill schaute auf das Gesicht der Puppe, das so perfekt gemalt war, daß er für einen Moment fast das Gefühl hatte, sie erwidere seinen Blick. »Wer hat die geschickt?«

Elizabeth zuckte die Achseln. »Das ist das Problem. Es steht kein Absender auf dem Paket, und es lag auch keine Karte darin.«

»Sie gehört mir!« krähte Megan und griff nach der Puppe. »Warum würde jemand einem Erwachsenen eine Puppe schicken?«

Elizabeth drückte die Puppe ein wenig fester an ihren Busen und wich vor dem kleinen Mädchen zurück. »Aber wir wissen nicht, ob sie dir geschickt wurde, Liebling. Sie könnte ein Geschenk für das kommende Baby sein.«

Megans Miene verfinsterte sich, und ihr Kinn begann zu zittern. »Aber das Baby wird ein Junge«, sagte sie. »Das hast du gesagt. Und Jungen spielen nicht mit Puppen!«

»Wir *hoffen*, daß das Baby ein Junge wird«, erklärte Elizabeth. »Aber wir wissen es nicht. Und wenn du eine kleine Schwester bekommst, meinst du nicht, daß sie eine Puppe genauso lieb hätte wie du?«

Megan setzte eine so unnachgiebige Miene auf, daß Bill fast lachen mußte.

»Nein«, sagte sie trotzig. »Babys spielen nicht mal mit Puppen. Sie essen und heulen und machen in ihre Windeln.« Sie wandte sich mit großen Augen an ihren Vater. »Bitte, Papa, kann ich sie haben?«

»Weißt du was?« sagte Bill. »Wie wäre es, wenn wir die Puppe eine Weile weglegen und herauszufinden versuchen, wer sie geschickt hat? Wenn sich dann herausstellt, daß sie für dich bestimmt war, bekommst du sie. Und wenn sich herausstellt, daß sie für das Baby bestimmt war, dann kann die Puppe das erste Geschenk von deinem kleinen Bruder sein. Na, wie findest du das?«

Megan sah ihn zweifelnd an. »Wohin legst du sie weg?«

Bill überlegte. »Wie wäre es mit dem Schrank unten in der Diele?«

Megans Miene hellte sich auf. »Also gut«, stimmte sie zu. »Aber ich trage sie nach unten.«

»Das ist nur fair«, stimmte Bill zu. Er zwinkerte Elizabeth zu. »Schließlich hast du sie den ganzen Morgen gehabt. Da ist es nur gerecht, wenn Megan sie jetzt runterträgt, meinst du nicht auch?«

Für einen Augenblick hatte er fast den Eindruck, daß seine Frau zögerte, als sei sie nicht ganz dazu bereit, die Puppe abzugeben, aber dann lächelte sie. »Natürlich«, stimmte sie zu. Sie ging in die Hocke und überreichte Megan die Puppe. »Aber du mußt sie auf den Armen halten wie ich. Auch wenn es kein richtiges Baby ist, könnte sie sich weh tun, wenn du sie fallen läßt, und sie ist sehr wertvoll.«

»Ich lasse sie nicht fallen«, versprach Megan und hielt die antike Puppe fest an ihre Brust gedrückt, genau wie es zuvor ihre Mutter getan hatte. »Ich liebe sie.«

Zusammen ging die Familie nach unten und öffnete den Schrank in der Diele. »Sie wird sich erkälten«, sagte Megan. »Wir müssen sie in eine Decke hüllen.« Sie flitzte zurück die Treppe hinauf und kehrte eine Minute später mit der kleinen rosafarbenen Decke zurück, die zuerst in ihrem Kinderbettchen und danach am Fuße ihres richtigen Bettes gelegen hatte. »Sie kann die Decke haben«, sagte Megan und wickelte die Puppe behutsam darin ein. Dann gab Megan die Puppe ihrem Vater, der sie im Schrank zwischen wollene Skimützen, Handschuhe und Schals bettete.

»So, jetzt wird sie schlafen, bis wir herausfinden, wem sie gehört«, sagte er. Als sie zum Eßzimmer gingen, wo Mrs. Goodrich das Mittagessen auftrug, sah er, daß Megan sich umwandte und sehnsüchtig zu dem Schrank schaute.

In ihm stieg der Verdacht auf, daß die Puppe irgendwie den Weg vom Schrank in das Zimmer seiner Tochter finden würde, bevor der Nachmittag vorüber war.

Mit diesem Problem würde sich jedoch Elizabeth befassen müssen, denn er würde in Port Arbello sein.

»Mußt du wirklich dorthin?« fragte Elizabeth, als er ihr erzählt hatte, was sein Besuch beim Bankdirektor ergeben hatte und was er nun unternehmen wollte.

»Wenn wir etwas zu essen haben wollen, dann ja. Ich bin ziemlich sicher, daß ich den Auftrag immer noch bekommen kann. Aber ich werde vermutlich im Motel übernachten und am Abend die Zahlen für ein Angebot überprüfen müssen, damit ich es am Morgen tadellos präsentieren kann.« Er warf einen Blick auf den gewölbten

Bauch seiner Frau, der scheinbar – unmöglich – in den paar Stunden seiner Abwesenheit größer geworden war. »Ist mit dir alles Ordnung?«

»Ich habe noch einen ganzen Monat«, sagte Elizabeth, die sofort seine Gedanken erriet. »Glaube mir, ich werde keine Frühgeburt haben, nur weil du nicht da bist. Fahr also los, erledige, was du erledigen mußt, und mach dir keine Sorgen um Megan und mich. Mrs. Goodrich hat sich mein ganzes Leben lang um mich gekümmert. Sie kann es auch noch eine weitere Nacht tun.«

»Mrs. Godrich ist fast neunzig«, erinnerte Bill. »Sie sollte gar nicht mehr arbeiten.«

»Versuch *ihr* das zu sagen«, erwiderte Elizabeth und lachte. »Sie wird dich zum Abendessen fressen!«

Eine Stunde später, als Bill seine Reisetasche und seinen Laptop im Wagen verstaut hatte, kehrte sein früheres Unbehagen zurück. »Vielleicht sollte ich besser nicht fahren«, sagte er. »Vielleicht kann ich alles telefonisch erledigen.«

»Du weißt, daß das nicht möglich ist«, sagte Elizabeth entschieden. »Fahr nur. Uns wird bestimmt nichts passieren.«

Aber selbst als er davonfuhr, blickte Bill mit einem seltsamen Gefühl zum Haus zurück.

Eine innere Stimme sagte ihm immer noch, daß etwas nicht in Ordnung war.

5

Elizabeth hielt ihr Baby – einen perfekten, winzigen Jungen – auf den Armen und drückte es sanft gegen ihren Busen. Sie saß auf der Veranda in einem Schaukelstuhl, doch es war weder die Veranda des Hauses in Blackstone, noch war der Tag so kalt, wie er nur drei Wochen vor Weihnachten hätte sein sollen.

Die Sommernebel lösten sich auf, und sie erkannte, wo sie war – daheim in Port Arbello, auf der Veranda des alten Hauses am Conger's Point, und es war ein perfekter Tag im Juli. Eine frische, kühlende Brise wehte von der See, und das Rauschen der Brandung am Fuß der Klippen klang wie ein Wiegenlied für ihr Baby. Elizabeth begann leise zu summen, gerade laut genug, daß ihr Baby sie hören konnte, aber leise genug, um es nicht beim Einschlafen zu stören.

Schlaf, Baby, schlaf.
Wenn der Wind
in den Wipfeln der Bäume spielt,
dann schaukelt er deine Wiege.
Schlaf, Baby, schlaf ...

Die gesummten Worte verklangen. Elizabeth fühlte sich schläfrig, und ihre Lider wurden schwer. Aber dann, gerade als sie das Wiegenlied sanft ausklingen ließ, nahm sie eine Bewegung wahr. Ein Kind tauchte aus dem Wald jenseits des Feldes auf.

Megan.

Elizabeth wollte ihre Tochter rufen, aber als das Kind näher kam, erkannte sie, daß dieses kleine Mädchen überhaupt nicht die blonde, sonnige Megan war.

Es war ihre Schwester.

Es war Sarah!

Aber das war nicht möglich, denn Sarah sah nicht älter aus als an jenem Tag vor so vielen Jahren, an dem sie zum Krankenhaus weggebracht worden war.

Doch als das kleine Mädchen über das Feld und direkt auf sie zukam, erschauerte Elizabeth.

Sarah hielt etwas im Arm. Jetzt streckte sie es aus, hielt es ihr hin, und Elizabeth erkannte sofort, was es war.

Ein Arm.

Jimmy Tylers Arm ...

Unwillkürlich blickte Elizabeth hinab auf ihr Baby.

Ihr Sohn schlief nicht mehr. Statt dessen waren seine Augen weit aufgerissen, und er schrie, doch kein Laut kam aus seinem Mund. Aber schlimmer als der lautlose Schrei, schlimmer als das Entsetzen in den Augen des Säuglings war das Blut, das aus der linken Schulter des Babys spritzte, wo der Arm abgehackt worden war.

Elizabeth wollte schreien, aber ihre Kehle war wie zugeschnürt, und ihr Entsetzensschrei blieb in ihr, füllte sie aus und gab ihr das Gefühl, als würde sie jeden Augenblick in Millionen Stückchen explodieren. Jetzt war das Blut überall, und Sarah kam immer näher. In ihrer Hand hielt sie noch den blutigen Arm, der vom Körper des Babys abgehackt worden war.

Elizabeth wollte zurückweichen, doch sie konnte es nicht. Schließlich stemmte sie sich mit einer Anstrengung, die sie alle Energie zu kosten schien, hoch und ...

Elizabeth schreckte aus dem Schlaf. Einen Augenblick lang stand ihr das schreckliche Bild noch vor Augen. Ihr Puls raste, und sie rang um Atem. Aber als der Traum schnell verblaßte, als das Hämmern ihres Herzens nachließ und sie wieder normal atmen konnte, wurde ihr klar, daß sie überhaupt nicht in Port Arbello war.

Sie war in ihrem Zimmer in Blackstone, an einem Dezembernachmittag, und ihr Baby war sicher in ihrem Leib.

Doch wie aus weiter Ferne hörte sie von neuem das Wiegenlied, das sie im Traum gesummt hatte.

> *Schlaf, Baby, schlaf.*
> *Wenn der Zweig bricht,*
> *fällt die Wiege vom Baum,*
> *und mit ihr das Baby im Schlaf ...*

Elizabeth erhob sich von der Chaiselongue, auf der sie geschlafen hatte, und trat auf den Gang hinaus. Das Wiegenlied war jetzt lauter, und es kam aus Megans Zimmer.

Elizabeth ging leise über den breiten Flur, verharrte vor der Tür zum Zimmer ihrer Tochter und lauschte.

Sie konnte Megan immer noch leise summen hören.

Wie sie selbst gesummt hatte.

Sie öffnete die Tür einen Spalt und spähte in das Zimmer.

Megan saß auf ihrem Bett.

Sie wiegte die antike Puppe auf den Armen.

Elizabeth schob die Tür ganz auf. Das Wiegenlied erstarb auf Megans Lippen, und mit weit aufgerissenen Augen starrte sie ihre Mutter überrascht an. Unwillkürlich drückte sie die Puppe fester an sich.

Elizabeth ging zu ihrer Tochter. »Wir haben doch beschlossen, daß die Puppe im Schrank bleibt, nicht wahr?«

Megan schüttelte den Kopf. »Ihr habt das beschlossen«, sagte sie. »Ich nicht.«

»Wir alle haben das beschlossen. Papa, Mama und du. Und darum bringe ich die Puppe wieder weg. Verstehst du das?«

»Aber ich will sie haben«, begehrte Megan auf. »Ich liebe sie.«

Elizabeth neigte sich zu ihrer Tochter hinab und nahm ihr die Puppe ab. »Sie gehört dir nicht, Megan. Noch nicht. Vielleicht eines Tages, vielleicht sogar bald. Aber noch nicht. Ich bringe sie in den Schrank zurück. Und du rührst sie nicht mehr an. Hast du das verstanden?«

Megan schaute auf, sagte jedoch nichts, als Elizabeth das Zimmer verließ und die Tür hinter sich schloß. Einen Moment lang spürte Megan, wie sich ihre Augen mit heißen Tränen füllten. Dann wurde ihr klar, daß es gleichgültig war, wo ihre Mutter die Puppe versteckte. Sie würde sie finden, und sie würde ihr gehören.

Elizabeth trug die Puppe nach unten und wollte sie in den Schrank zurücklegen, doch dann entschied sie sich anders. Im Schrank würde Megan als erstes nachschauen. Elizabeth verließ die Diele, ging durch den gewölbten Eingang ins Wohnzimmer und dann in die angrenzende Bibliothek. Dort war der ideale Platz für die Puppe. Das oberste Fach eines der beiden Mahagoniregale, die Bill gezimmert und zu beiden Seiten des Kamins aufgestellt hatte.

Das oberste Fach – sie konnte es fast kaum erreichen – war leer. Selbst wenn Megan die Puppe dort oben entdeckte, würde sie nicht ohne eine Leiter herankommen. Elizabeth schob die Puppe in dem Fach so weit zurück, wie sie konnte. Als sie die Bibliothek verlassen wollte, fiel ihr Blick auf ein Porträt.

Neben den geliebten Büchern, die Elizabeth aus Port Arbello mitgebracht hatte, hingen gerahmte Gemälde von ihrer Familie und der

Bills, und sogar eine alte Alphabettafel für spiritistische Sitzungen gab es, mit der sie und Sarah als Kinder gespielt hatten. Das Porträt, das ihren Blick angezogen hatte, zeigte eine von Bills Tanten. Laurette hieß sie, wie sich Elizabeth erinnerte, und sie hatte lange vor Bills Geburt Selbstmord begangen. Elizabeth hatte das Porträt Dutzende Male gesehen, doch diesmal fühlte sie sich magisch davon angezogen. Sie starrte darauf und versuchte zu ergründen, was ihre Aufmerksamkeit geweckt hatte. Dann blickte sie zu der Puppe auf dem Regal.

Die Puppe und die Frau auf dem Porträt ähnelten sich auf seltsame Art und Weise.

Die gleichen blauen Augen.

Das gleiche lange, blonde Haar.

Die gleichen rosafarbenen Wangen und roten Lippen.

Es war, als wäre die Puppe eine Miniatur-Version der Frau auf dem Gemälde.

Elizabeth schoß ein Gedanke durch den Kopf. War es möglich, daß die Puppe dieser Frau nachgebildet worden war? Vielleicht sogar ihr gehört hatte? So schnell, wie der Gedanke gekommen war, so schnell verbannte Elizabeth ihn.

Sie ging nach oben und streckte sich auf der Chaiselongue aus, und als sie diesmal einschlief, träumte sie nicht.

Megan McGuire öffnete die Augen in der Dunkelheit. Einen Moment lang war sie durcheinander und wußte nicht, was sie geweckt hatte, doch dann sah sie eine Gestalt auf der gegenüberliegenden Wand ihres Schlafzimmers.

Es war eine pechschwarze Hexe. Sie flog höher, bis zur Ecke, wirbelte durch die Luft und dann hinab, auf Megan zu.

Das kleine Mädchen wich auf ihrem Kissen zurück und zog furchtsam die Bettdecke bis zum Kinn.

Die Hexe näherte sich immer mehr und schwang ein Schwert.

Megan preßte sich tiefer ins Bett.

Dann, gerade als Megan glaubte, die Berührung der Hexe zu spüren, verschwand die Erscheinung so plötzlich, wie sie gekommen war, fortgerissen von einem Lichtblitz.

Wie immer blieb Megan einen Augenblick lang still liegen und genoß den köstlichen Nervenkitzel, den die Schatten ihr stets bereiteten. Auch wenn sie genau wußte, daß die schwebende Hexe nur eine vorübergehende Vision war, hervorgerufen durch das Scheinwerferlicht eines Wagens, der die Amherst Street heraufkam, eine Vision, die sich auflöste, wenn das Licht am Haus vorbeigestrichen war.

Das Zimmer nahm seine vertrauten Konturen an, als das Motorengeräusch verklang, doch als Megan die Bettdecke losließ, die sie an sich gepreßt hatte, hörte sie etwas anderes.

Ein Geräusch, so leise, daß sie es fast nicht hören konnte.

Während sie lauschte, wurde das Geräusch lauter, und dann wußte sie auf einmal genau, was es war.

Jemand weinte.

Ein kleines Mädchen mit langem, blondem Haar, rosigen Wangen und blauen Augen.

Ein kleines Mädchen mit einem spitzenbesetzten weißen Kleidchen und einem Blumenkranz im Haar.

Ein kleines Mädchen, das ihre Freundin sein wollte, jedoch von ihrer Mama weggeschickt worden war.

Megan stand auf, zog ihren Morgenrock über ihr Flanellnachthemd und schlüpfte in die Pantoffeln, die Mrs. Goodrich ihr im vergangenen Jahr zu Weihnachten geschenkt hatte. Sie zog die Tür ihres Zimmers einen Spalt auf und spähte auf den Gang hinaus. Weiter unten im Gang, auf halbem Weg zur Treppe, konnte sie die Tür des Elternschlafzimmers sehen.

Die Tür war geschlossen, und kein Lichtschimmer war darunter zu sehen.

Megan schlich über den Gang und die Treppe hinab.

Das Weinen des kleinen Mädchens klang jetzt lauter. Am Fuß der Treppe spähte Megan durch das Eßzimmer und das Anrichtezimmer in die Küche.

Kein Lichtschimmer war in irgendeinem der

Zimmer zu sehen. Nicht einmal der Ton des Fernsehers drang aus Mrs. Goodrichs Zimmer.

Abgesehen vom Schluchzen des kleinen Mädchens war es im Haus so still wie dunkel.

Ein letztes klagendes Schluchzen verklang, und kurz darauf hörte Megan etwas anderes.

Eine Stimme, die ihren Namen rief.

»*Megan ... Megan ... Megan ...*«

Die Stimme war wie ein Signal. Megan orientierte sich daran und ging von der Küche und dem Zimmer der Haushälterin fort zur anderen Seite des Hauses. Sie schlich durch die dunkle Diele, durch die tiefen Schatten des großen Wohnzimmers und fand sich so leicht zurecht wie bei Tageslicht. Dann verharrte sie an der Tür zur Bibliothek.

Die Stimme wurde lauter. »*Megan ... Megan ...*«

In der Bibliothek war es pechschwarz. Megan verharrte in der Finsternis und lauschte. Dann krochen durch die Glastür, die zur Terrasse führte, die ersten Strahlen des aufgehenden Mondes in die Bibliothek. Im selben Moment, in dem das erste schwache Licht hereinfiel, sah Megan sie.

Die Augen der Puppe.

Sie glänzten im Mondschein und schauten sie vom obersten Fach des hohen Regals an, das rechts neben dem Kamin an der Wand stand.

So hoch, daß ihre Mutter annahm, sie könne nicht heran.

Aber Megan wußte es besser. So lautlos und

trittsicher, wie sie über den oberen Gang und die Treppe hinunter geschlichen war, durchquerte sie die Bibliothek und kletterte so leicht an dem Regal hinauf, als wären es die Sprossen einer Leiter.

Elizabeth schreckte aus dem Schlaf, nicht entsetzt durch einen weiteren Alptraum, sondern durch ein lautes Krachen, dem sofort ein fürchterlicher Schrei folgte. Dann ein langgezogenes, klagendes Weinen.

Megan!

Elizabeth stemmte sich aus dem Bett hoch, ignorierte den Morgenmantel, der auf der Chaiselongue lag, und wankte durch die Dunkelheit zur Tür des Schlafzimmers. Sie ertastete den altmodischen Lichtschalter an der Wand neben der Tür und schaltete das Licht ein. Die Deckenbeleuchtung ging an und tauchte das Zimmer in grelles Licht. Elizabeth blinzelte gegen die plötzliche Helligkeit an, riß die Schlafzimmertür auf und trat auf den Gang hinaus, der nun hell beleuchtet war, weil sie mit dem Licht im Schlafzimmer zugleich die drei Kronleuchter im Flur eingeschaltet hatte.

Die Tür von Megans Zimmer war geschlossen, aber als Elizabeth sich dorthin wenden wollte, zerriß ein weiterer Schrei die Stille der Nacht.

Unten!

Megan war nach unten gegangen und ...

Die Puppe! Sie hatte die Puppe gefunden, versucht heranzukommen, und ...

Mit heftig pochendem Herzen eilte Elizabeth über den Gang und die Treppe hinab. Als sie noch drei Stufen bis zum Fuß der Treppe vor sich hatte, ging das Licht in der Diele an und zeigte Mrs. Goodrich, die mit einem verknitterten Morgenmantel aus Chenille zum Wohnzimmer schlurfte.

Als abermals ein Schrei durch das Haus hallte, gelangte Elizabeth an den Fuß der Treppe und eilte durch das Wohnzimmer. An der Tür zur Bibliothek drückte sie auf den Lichtschalter. Als das Licht anging und jeden Schatten aus dem Zimmer vertrieb, wurde die Vision, die Elizabeth vor Sekunden vor ihrem geistigen Auge gesehen hatte, zur schrecklichen Realität.

Das Mahagoni-Regal war nach vorne umgekippt. Darunter war Megan eingeklemmt. Elizabeth sah, wie sich ihre Tochter abmühte, sich unter dem massiven Regal hervorzukämpfen. Die Bilder und Nippsachen, die auf dem Regal gestanden hatten, waren überall verstreut, der Teppich war mit Glasscherben von zersplitterten Bilderrahmen übersät, und Figurinen lagen zerbrochen herum.

Megans Schreie waren in ein schluchzendes Weinen übergegangen.

Elizabeth unterdrückte einen Aufschrei, eilte durch die Bibliothek, bückte sich und wollte das schwere Regal anheben. Mrs. Goodrich erkannte

Elizabeth' Absicht von der Türschwelle aus und rief: »Nicht! Laß das!«

Elizabeth ignorierte den flehenden Ruf, sammelte alle Kraft, die sie aufbieten konnte, und hob das Regal von ihrer Tochter. »Kriech darunter hervor!« schrie Elizabeth. »Schnell ...« Sie verstummte abrupt, als ein schrecklicher Schmerz wie ein Messerstich durch ihren Leib fuhr. Elizabeth mühte sich ab, das Regal festzuhalten, während Megan endlich auf die Stimme ihrer Mutter reagierte und darunter hervorkroch. Eine Sekunde später konnte Elizabeth das Regal nicht mehr halten, und es krachte zu Boden. Elizabeth sank auf den Teppich, als von neuem ein unerträglicher Schmerz durch ihren Körper schoß und sie das Geühl hatte, irgend etwas in ihr würde zerreißen.

»Ruf ... einen Krankenwagen«, keuchte sie und hielt die Hand schützend auf ihren Bauch. »O Gott, schnell!«

Schmerzwoge um Schmerzwoge erfaßte sie. Sie fühlte sich plötzlich schrecklich schwach, und vor ihren Augen begann das Licht zu verblassen.

Das letzte, was sie sah, bevor es dunkel wurde, war Megan, die jetzt auf den Füßen stand und auf sie herabblickte.

Auf den Armen hielt sie die Puppe, die den Unfall völlig unbeschädigt überstanden hatte, während alles andere aus dem Regal zu Bruch gegangen war.

6

Bill McGuire fuhr auf den fast verlassenen Parkplatz des Blackstone Memorial Hospital und parkte so nahe wie möglich bei der Notaufnahme. Eine fast dreistündige Fahrt lag hinter ihm. Er hatte das Motel in Port Arbello sofort nach Mrs. Goodrichs Anruf verlassen und sich nur noch die Zeit genommen, den Zimmerschlüssel durch den Schlitz des Briefkastens in der verschlossenen Eingangstür des Motelbüros zu werfen. Während der rasenden Fahrt nach Blackstone hatte er sich hin und wieder gezwungen, langsamer zu fahren und sich daran zu erinnern, daß er zwar so schnell wie möglich, jedoch unversehrt nach Hause kommen mußte. Dennoch kam ihm die Fahrt scheinbar endlos vor. Er schaffte es, das Krankenhaus dreimal mit seinem Handy zu erreichen, aber alle drei Verbindungen endeten in einem enttäuschenden statischen Rauschen.

Er hatte nur erfahren können, daß bei Elizabeth die Wehen eingesetzt hatten und daß es ihr ›den Umständen ensprechend‹ ging.

Lieber Gott, laß sie leben! betete er. Lieber Gott, laß das Baby wohlauf sein.

O Gott, warum, *warum* mußte ich sie ausgerechnet heute nacht allein lassen?

Starke Schuldgefühle quälten ihn, als er durch die Dunkelheit raste, von einem Ausflug zurückkehrte, der sich als völlig unnötig erwiesen hatte. Er hatte den Auftrag für den Bau der Eigentumswohnungen an Land gezogen, doch schon während er die letzten Zahlen im Motelzimmer zusammengestellt hatte, war ihm klargeworden, daß er die ganze Sache telefonisch daheim vom Schreibtisch in der Bibliothek aus hätte erledigen können.

Bill knallte die Wagentür zu und eilte zur Notaufnahme. Er konnte kaum erwarten, daß sich die Glastür automatisch vor ihm öffnete. Dann rannte er ins Wartezimmer und entdeckte sofort Mrs. Goodrich. Sie trug immer noch ihren alten Morgenrock aus Chenille, saß auf einem durchgesessenen, mit grünem Plastik überzogenen Sofa und hielt den Arm schützend um Megan, deren Stirn unter einem Verband verschwand. Mrs. Goodrich wirkte in ihrer Furcht um das Wohlergehen des Menschen, den sie auf der Welt am meisten liebte, fast so klein wie Megan, aber als sich Bill näherte, sah er einen entschlossenen Schimmer in den Augen der alten Frau, und sie machte eine Geste, als wolle sie ihn wegscheuchen.

»Mit uns ist alles in Ordnung«, sagte sie. »Nur ein kleiner Schnitt an Megans Stirn, aber der tut nicht mal mehr weh, nicht wahr, Liebling?«

Megan nickte.

»Ich bin nur vom Regal gefallen, das ist alles«, sagte sie verzagt.

»Sehen Sie nach Elizabeth«, fuhr Mrs. Goodrich fort. »Wir bleiben hier. Sagen Sie ihr, daß wir für sie beten.«

Ein paar Sekunden später folgte Bill einem Arzt über einen Flur und hörte sich eine kurze Erklärung an, was passiert war. Dann betrat er das Zimmer, in dem Elizabeth im Bett lag. Ihr Gesicht war aschfahl, und ihr blondes Haar, im Laufe der Jahre nur leicht dunkler geworden, umgab ihren Kopf wie ein Glorienschein.

Als ob sie spürte, daß er endlich da war, bewegte sich Elizabeth, und als Bill ihre Hand ergriff, reagierte sie sofort, indem sie seine Hand schwach drückte. Aber das reichte.

Sie würde gesund werden.

Für Elizabeth war das Erwachen wie ein Versuch, aus einem Becken voller Sirup aufzutauchen. Jeder Muskel ihres Körpers war erschöpft, und selbst das Atmen kam ihr wie eine unmöglich zu bewältigende Aufgabe vor. Langsam kam sie wieder zu sich, und als sie Bills Händedruck spürte, zwang sie sich, die Augen zu öffnen.

Sie war nicht in ihrem Bett.

Nicht in ihrem Haus.

Dann kam der Alptraum wieder.

»Megan«, flüsterte sie und wollte sich aufsetzen, doch sie schaffte es kaum, den Kopf vom Kissen zu heben.

»Megan geht es gut«, sagte Bill. »Sie und Mrs. Goodrich sind im Wartezimmer, und Megan hat nur einen kleinen Schnitt an der Stirn.«

»Gott sei Dank«, seufzte Elizabeth. Sie ließ den

Kopf auf das Kissen zurücksinken und berührte mit der linken Hand ihren Bauch in der fast unbewußten Geste, die sie sich während ihrer beiden Schwangerschaften angewöhnt hatte.

Doch diesmal stieg Furcht in ihr auf.

Dann kam die Erinnerung: der schrecklich stechende Schmerz, das Platzen der Fruchtblase, die Wehen, die so unerträglich schmerzvoll gewesen waren, daß sie ohnmächtig geworden war.

»Das Baby«, wisperte sie. Sie heftete den Blick auf ihren Mann, und obwohl Bill schwieg, las sie die Wahrheit in seinen Augen. »Nein.« Sie stöhnte verzeifelt auf. »O bitte, nein. Das Baby kann nicht ...« Ihre Stimme erstarb, und sie konnte das Schreckliche nicht aussprechen.

»Pst«, flüsterte Bill und hielt einen Finger auf ihre Lippen. Dann strich er eine Locke aus ihrer plötzlich feuchten Stirn. »Das wichtigste ist, daß du wohlauf bist.«

Das wichtigste. Das wichtigste ...

Die Worte hallten in Elizabeth nach.

... daß du wohlauf bist ...

Aber sie war nicht wohlauf. Wie konnte sie wohlauf sein, wenn ihr Baby – ihr Sohn ...

»Ich will ihn sehen«, sagte sie und umklammerte Bills Hand. »O Gott, bitte laß mich ihn sehen.« Ihre Stimme brach. »Wenn ich ihn sehen kann, wird vielleicht alles gut.« Sie schluchzte jetzt, und Bill stand vom Stuhl auf, trat zum Bett und nahm sie in die Arme, um sie an sich zu drücken und zu trösten.

»Es ist alles in Ordnung, mein Schatz«, flüsterte er. »Es ist nicht deine Schuld. Es ist einfach Schicksal. Wir wußten, daß es passieren kann. Es war hart genug, als du Megan bekommen hast, und vielleicht hätten wir es nicht noch einmal versuchen sollen. Aber es ist nicht deine Schuld. Denke so was niemals.«

Elizabeth hörte die Worte kaum. »Das Regal«, wisperte sie. »Ich habe die Puppe in das Regal gelegt, und es stürzte auf Megan. Meine Schuld. Meine Schuld.«

»Es war ein Unfall«, sagte Bill. »Keiner hat schuld daran.«

Aber Elizabeth hörte immer noch nicht, was ihr Mann sagte. »Ich habe das Regal von ihr gehoben. Ich habe es angehoben, damit sie darunter hervorkriechen konnte. Und das hat unseren Sohn getötet. Es hat unseren Sohn getötet ...«
Ihre Worte gingen in Schluchzen über. Lange Zeit hielt Bill sie in den Armen, streichelte über ihr Haar und versuchte sie zu beruhigen und zu trösten. Schließlich, nach fast einer halben Stunde, ließ ihr Schluchzen nach, und das schreckliche krampfartige Zittern, das sie befallen hatte, hörte allmählich auf. Etwas später hörte Bill an ihren regelmäßigen Atemzügen, daß sie eingeschlafen war, und er spürte, wie sich ihr Körper in seinen Armen entspannte. Er küßte sie sanft, ließ sie behutsam aufs Bett hinabsinken, richtete sich auf und deckte sie zu. Er küßte sie noch einmal zärtlich auf die Stirn und verließ dann leise das

Krankenzimmer. Bill fühlte sich sonderbar benommen, als er über den Flur zum Wartezimmer ging.

Sein Sohn – denn das Baby war tatsächlich ein Sohn gewesen, genau wie er und Elizabeth gehofft hatten – war tot.

Tot, ohne jemals geatmet zu haben.

Sollte er darum bitten, ihn sehen zu dürfen?

Allein bei dem Gedanken zuckte er zusammen, und es wurde ihm sofort klar, daß er sich das tote Baby nicht ansehen würde. Es war besser, in Erinnerung zu bewahren, wie das Baby hätte sein können: ein glücklicher, grinsender, glucksender Sohn, für den kein Traum unerfüllbar gewesen wäre.

Es war besser, sich an die Vorstellung zu klammern, wie die Zukunft hätte sein können, als sich die Tragödie anzuschauen, die ihm soeben widerfahren war.

Das Kind zu sehen, das vielleicht lebend das Licht der Welt erblickt hätte, würde Bill McGuire mehr Schmerz verursachen, als er ertragen konnte, und in den Tagen, die kommen würden, würde Elizabeth – und auch Megan – all seine Kraft und Liebe brauchen.

Er betrat das Wartezimmer und hatte den Eindruck, daß weder Megan noch Mrs. Goodrich sich überhaupt bewegt hatten, seit er sie verlassen hatte. Die alte Haushälterin hielt immer noch seine Tochter an sich gedrückt, und obwohl Megans Kopf an Mrs. Goodrichs üppigem Busen ruhte, waren ihre Augen geöffnet und blickten aufmerksam um sich.

In ihren Armen hielt sie die Puppe.

Einen Augenblick lang, nur einen Moment lang, war Bill versucht, die Puppe aus Megans Armen zu zerren, sie zu zerbrechen und in die Nacht zu werfen, um das Ding zu vernichten, das erst an diesem Morgen in ihr Haus gekommen war und bereits solchen Schaden in ihrem Leben angerichtet hatte. Aber auch diesen Gedanken verbannte er sofort. Die Puppe war schließlich nicht schuld, und wenigstens Megan schien einen gewissen Trost in ihr zu finden.

Bill zog sich einen Stuhl zu dem Sofa heran, setzte sich und ergriff die Hand seiner Tochter.

»Ist er hier?« fragte das kleine Mädchen. »Ist mein Bruder geboren worden?«

Bill glaubte einen Kloß in der Kehle zu haben. Er schluckte. »Er ist geboren worden«, sagte er leise. »Aber er mußte fortgehen.«

Megan wirkte verwirrt. »Fortgehen?« wiederholte sie. »Wohin?«

»In den Himmel«, sagte Bill. Mrs. Goodrich stieß einen klagenden Laut aus und drückte Megan fester an sich, sagte jedoch nichts. »Weißt du, Megan«, fuhr Bill fort. »Gott liebt kleine Kinder sehr, und manchmal ruft Er eines zu sich. Erinnerst du dich, daß Er gesagt hat: ›Lasset die Kindlein zu mir kommen‹? So ist dein Bruder fortgegangen. Um bei Gott zu sein.«

»Was ist mit meiner Elizabeth?« flüsterte Mrs.

Goodrich, und ihre Augen spiegelten ihre Furcht wider.

»Sie wird gesund werden«, versicherte ihr Bill. »Sie schläft jetzt, und bald wird es ihr wieder gutgehen.« Er stand auf. »Ich sollte Sie und Megan heimbringen. Dann fahre ich hierher zurück und bleibe bei Elizabeth.«

Mr. Goodrich nickte und erhob sich steif. Sie stützte sich auf Bills Arm und ließ sich zum Wagen führen. Megan folgte ihnen mit der Puppe auf den Armen.

»Es ist alles in Ordnung«, flüsterte Megan der Puppe zu, als sie durch die Glastür in die Nacht hinaustraten. »Du bist besser, als jeder Bruder es sein kann.«

7

Elizabeth McGuire blieb drei Tage im Krankenhaus, und an dem Nachmittag, an dem Bill sie nach Hause brachte, war das Wetter so trübe wie ihre Stimmung. Der Himmel war stahlgrau, und die erste richtige Winterkälte hing in der Luft. Elizabeth nahm die Kälte jedoch nicht wahr, als sie von der Garage zur Hintertür des großen Hauses ging, denn ihr Körper war fast so betäubt wie ihre Gefühle.

Als sie das Haus betrat, spürte sie sofort, daß sich etwas verändert hatte, und obwohl Bill ihr riet, gleich auf ihr Zimmer zu gehen und sich eine Weile auszuruhen, weigerte sie sich und ging statt dessen von Raum zu Raum. Sie wußte nicht, wonach sie suchte, aber sie war überzeugt, es zu erkennen, wenn sie es fand. Jeder Raum, den sie betrat, wirkte genau wie vorher. Jedes Möbelstück stand dort, wo es hingehörte, und die Bilder hingen an den üblichen Stellen. Selbst das Mahagoni-Regal in der Bibliothek stand wieder dort, wo es hingehörte – dicht an der Wand und diesmal mit schwereren Dingen bestückt, damit sich der Unfall nicht wiederholen konnte –, und sogar die meisten der beschädigten Gegenstände waren repariert und ordentlich an ihren Platz zurückgestellt worden. Nur die Puppe war verschwunden. Elizabeth erschauerte, als sie zu dem leeren Fach des Regals emporsah, auf dem sie die Puppe deponiert hatte. Abgesehen vom Fehlen der Puppe war alles, wie es sein sollte.

Die Fotos waren wieder in ihren silbernen Rahmen; die zersplitterte Verglasung war ersetzt worden.

Flüchtig fragte sich Elizabeth, ob ihre Seele so leicht repariert werden konnte wie der Schaden an den Bildern, aber noch während ihr die Frage in den Sinn kam, wußte sie bereits die Antwort.

Die Bilder mochten wiederhergestellt werden; bei ihr würde das unmöglich sein.

Schließlich ging sie nach oben und zog sich wortlos in ihr Zimmer zurück.

Später am Abend, als Bill ins Bett kam, blieb sie stumm. Obwohl sie die Wärme seines Körpers neben sich spürte und er sie in seine starken Arme nahm, fühlte sie sich einsamer denn je. Als er schließlich einschlief, lag sie wach da und beobachtete die Schatten an der Decke. Sie stellte sich vor, daß es schwarze Finger waren, die nach ihrem Verstand griffen und die Gesundheit aus ihm herauspreßten, wie ihr Körper den Sohn aus ihrem Leib gepreßt hatte. Elizabeth erkannte, daß nicht das Haus sich verändert hatte. Sie war es, die jetzt anders war. Lange Zeit lag sie in der Nacht da und fragte sich, ob sie jemals wieder dieselbe sein würde.

Schließlich verließ sie das Bett, schlüpfte so leise unter der Bettdecke hervor, daß Bill sich überhaupt nicht rührte. Nur mit dem seidenen

Nachthemd bekleidet, aber ohne die feuchte Kälte wahrzunehmen, die durch das offene Fenster in das Schlafzimmer gedrungen war, ging sie auf bloßen Füßen durch das angrenzende Badezimmer in das neue Kinderschlafzimmer. Im schwachen Lichtschein der Straßenlaternen wirkte das bunte Muster der Tapete farblos, und die Tiere, die spielerisch über die Wände getanzt hatten, als sie und Bill das Zimmer vor ein paar Monaten tapeziert hatten, schienen sie jetzt zu verfolgen. Im Kinderbettchen lag verloren ein einsamer Teddybär auf der Steppdecke.

Elizabeth begann leise zu weinen.

»Vielleicht sollte ich heute einfach zu Hause bleiben«, schlug Bill am nächsten Morgen vor, als die Familie gefrühstückt hatte.

Elizabeth, die am anderen Ende des großen Eßtischs saß, an dem notfalls zwanzig Personen Platz hatten, schüttelte den Kopf. »Mir geht es gut«, behauptete sie, doch ihr bleiches Gesicht und das Zittern ihrer Hände straften ihre Worte Lügen. »Du hast viel zu erledigen. Wenn ich etwas brauche, können Mrs. Goodrich und Megan sich um mich kümmern. Nicht wahr, Liebling?« Sie legte einen Arm um Megan, die auf dem Stuhl neben ihr saß.

Das kleine Mädchen nickte. »Ich kann mich um Mama kümmern. Genau wie ich mich um Sam kümmern kann.«

»Sam?« fragte Bill.

»So habe ich meine Puppe genannt«, erklärte Megan.

Bill runzelte die Stirn. »Aber Sam ist ein Jungenname, Schatz.«

Megan bedachte ihren Vater mit einem Blick, der ihm sagte, er solle sich nicht absichtlich dumm stellen. »Es ist die Kurzform von Samantha«, informierte sie ihn. »Jeder weiß das.«

»Außer mir«, bemerkte Bill.

»Weil du ein Junge bist, Papa. Jungen wissen überhaupt nichts!«

»Jungen sind nicht so schlecht«, sagte Bill mit einem schnellen Blick zu Elizabeth.

»Ich hasse sie«, erklärte Megan. »Ich wünschte, sie wären alle to ...«

»Du wünschst, sie wären alle Mädchen wie du, richtig?« fiel Bill seiner Tochter hastig ins Wort, bevor sie das letzte Wort zu Ende aussprechen konnte.

»Das wollte ich nicht sagen«, wandte Megan ein, aber inzwischen war ihr Vater aufgestanden, um den Tisch herumgegangen und hob sie jetzt vom Stuhl.

Er hielt sie hoch über seinen Kopf.

»Mich interessiert nicht, was du sagen wolltest.« Er schwang sie hinab zum Boden und hob sie dann wieder hoch. »Mich interessiert nur, daß du dich so gut um Mama kümmerst wie um deine Puppe. Kannst du das tun?« Megan, die kichern mußte, als sie von ihrem Vater herumgeschwenkt wurde, nickte, und Bill stellte sie auf den Boden. »Gut. Und jetzt geh spielen, und laß mich einen Moment mit deiner Mutter allein.« Als Megan fort war, setzte sich Bill neben Elizabeth. »Ist wirklich alles in Ordnung mit dir?«

»Mir geht es gut«, versicherte Elizabeth. »Erledige nur deine Sachen. Megan und Mrs. Goodrich werden sich um mich kümmern.«

Sie erhob sich, ging mit ihm zur Tür und gab ihm einen Abschiedskuß. Dann schaute sie ihm nach, wie er mit seinem Wagen um die Ecke verschwand. Aber als er schließlich fort war und sie die Haustür geschlossen hatte, sank sie gegen die Wand und befürchtete, ohnmächtig zu werden, wenn sie sich nicht irgendwo stützte. Einen Moment später hörte sie Mrs. Goodrich hinter sich. Die alte Frau war besorgt.

»Du gehst jetzt nach oben und legst dich ins Bett, junge Dame«, sagte die Haushälterin in dem entschiedenen Tonfall, den sie schon vor Jahren benutzt hatte, wenn sie Elizabeth' Manieren getadelt hatte. »Du mußt dir Ruhe gönnen, und ich kümmere mich um alles, was im Haus erledigt werden muß.«

Elizabeth war zu müde, um Mrs. Goodrich zu widersprechen, und so stieg sie die Treppe hinauf. Aber vor der Tür des Elternschlafzimmers verharrte sie. Statt einzutreten, spähte sie über den Gang zu Megans Zimmer, dessen Tür einen Spalt offenstand. Sie hörte kein Geräusch aus dem Zimmer ihrer Tochter, doch etwas schien sie dort hinzuziehen. Einen Augenblick später stand sie auf der Türschwelle und starrte auf die Puppe, die auf Megans Bett am Kissen lehnte.

Die Puppe schien zurückzustarren. Etwas in ihren Augen – Augen, die jetzt so lebendig wirkten, daß sie kaum glauben konnte, daß sie aus Glas und in einem Porzellankopf waren – übertrug sich auf sie, berührte tief in ihr einen Nerv, nahm sie gefangen. Elizabeth nahm die Puppe, schloß sie in die Arme und ging langsam zurück zu ihrem Schlafzimmer. Sie zog die Tür hinter sich zu und schloß sie ab.

Sie setzte sich vor den Spiegel an ihrem Frisiertisch, hielt die Puppe auf ihrem Schoß und begann deren blondes Haar zu bürsten. Dabei summte sie leise vor sich hin. Während Elizabeth sanft und im Rhythmus des gesummten Wiegenliedes das Haar der Puppe bürstete, ließ die Taubheit in ihr nach, und der Schmerz verschwand. Als sie das Haar der Puppe gebürstet hatte, ging Elizabeth zur Chaiselongue, legte sich darauf und drückte die Puppe auf ihren Busen, fast als wolle sie ihr die Brust geben. Erwärmt von der Morgensonne, die durch das Fenster fiel, und getröstet durch die Puppe, die auf ihrem Busen ruhte, döste Elizabeth und schlief zum ersten Mal, seit sie das Baby verloren hatte, friedlich ein.

DIE PUPPE

Bill McGuire fragte sich, ob alles jemals wieder in Ordnung kommen würde. Seit dem Tag, an dem ihm Jules Hartwick gesagt hatte, daß die Finanzierung des Blackstone Centers gestoppt wurde, war anscheinend alles schiefgegangen, was nur schiefgehen konnte. Das schlimmste von allem war natürlich Elizabeth' Fehlgeburt gewesen. Nach Megans Geburt hatten die Ärzte gesagt, es sei unwahrscheinlich, daß Elizabeth noch ein Kind empfangen konnte, und sie hatten die Hoffnung auf ein zweites Kind bereits aufgegeben, als Elizabeth im April festgestellt hatte, daß sie schwanger war. »Aber es wird eine komplizierte Geburt«, hatte Dr. Margolis erklärt. »Und dies wird bestimmt die letzte sein.« Jetzt war es vorüber, und obwohl Bill ein schreckliches Gefühl der Leere verspürte und der Verlust schmerzlich war, hatte die Qual dieser ersten Nacht, als er bei seiner Rückkehr nach Blackstone erfahren hatte, daß sein Sohn eine Totgeburt war, bereits nachgelassen.

Er wußte, daß er mit diesem Schicksalsschlag fertig werden und auch Elizabeth über den Verlust hinwegbringen konnte.

Als ob der Verlust seines Sohnes nicht reichte, hatte es den Anschein, als hätten sich die Götter irgendwie gegen ihn verschworen. Er war in der Gewißheit von Port Arbello nach Hause gerast, den Auftrag für den Bau der Eigentumswohnungen in der Tasche zu haben. Doch gestern hatte ihm der Bauträger telefonisch mitgeteilt, daß der

Auftrag – der ihn über Wasser hätte halten sollen, bis das Projekt Blackstone Center fortgesetzt werden würde – an eine Firma aus Boston vergeben worden war, deren spätes Gebot von Bill unmöglich unterboten werden konnte. Er war überzeugt, daß die Bostoner Firma gar nicht die Absicht hatte, im Rahmen der Ausschreibung zu bleiben. Die Bostoner Firma wollte nur ihre Verluste abschreiben. Er hatte sich mit dem Bauträger gestritten, aber der Mann hatte sich nicht überzeugen lassen. Jetzt fuhr er zur Bank und hoffte, daß Jules Hartwick eine gute Nachricht für ihn hatte. Als er auf den Parkplatz abbog, sah er jedoch, wie der Anwalt Ed Becker in die Bank ging.

Die finstere Miene des Anwalts verriet Bill McGuire, daß er keine guten Nachrichten in Jules Hartwicks Büro hören würde.

Anstatt die Bank zu betreten, ging Bill in die entgegengesetzte Richtung zum Büro des *Blackstone Chronicle*. Ein altmodisches Glöckchen bimmelte, als er die Tür öffnete, und alle drei Personen im Büro blickten auf.

Angela Corelli, die junge Frau, die als Empfangsdame und Sekretärin fungierte, und Lois Martin, Oliver Metcalfs Assistentin und Layouterin seit fünfzehn Jahren, begrüßten ihn mit verlegenem Lächeln und senkten schnell den Blick. Nur Oliver stand sofort auf, kam um den Schreibtisch herum und reichte Bill die Hand. »Es tut mir so leid, was passiert ist«, sagte er. »Ich weiß, wie sehr Sie und Elizabeth sich auf das Baby gefreut haben.«

»Danke, Oliver«, sagte Bill. »Ich denke allmählich, daß ich vielleicht darüber hinwegkommen kann, aber für Elizabeth ist es sehr schwer.«

Die ältere der beiden Frauen im Büro hatte sich anscheinend gefangen. »Ich habe mit dem Gedanken gespielt, sie anzurufen«, sagte Lois Martin. »Aber es fällt mir so schwer, die richtigen Worte zu finden.«

»Sie würde sich bestimmt über Ihren Anruf freuen«, sagte Bill. »Aber vielleicht warten Sie damit noch ein paar Tage.«

»Wenn wir etwas tun können, lassen Sie es uns nur wissen.« Oliver wies auf den Stuhl vor seinem Schreibtisch. »Zeit zum Plaudern?«

»Eigentlich hoffte ich, gute Nachrichten zu hören«, sagte Bill und fügte erklärend hinzu: »Über die Bank.«

Oliver zuckte die Achseln. »Ich weiß sowenig Neues wie Sie. Ich habe mehrmals versucht, Jules Hartwick anzurufen, aber ich wurde stets mit seiner Stellvertreterin Melissa Holloway verbunden, die mich dann abwimmelte.«

Bill seufzte. »Nun, wenigstens habe ich nicht mehr das Gefühl, als einziger bei ihr abzublitzen. Wie kann jemand, der so süß aussieht, so tüchtig sein? Und wie hat sie es in ihrem Alter geschafft, stellvertretende Bankdirektorin zu werden?«

»Sie kommt auf ihren Vater«, erwiderte Oliver. »Das war einer der klügsten Männer, die ich jemals kennengelernt habe. Nur bei der Auswahl seiner Frau war er alles andere als klug. Charles Holloway war ein hervorragender Anwalt, doch seine zweite Frau war schrecklich. Sie haßte Melissa. Aber Melissa ist damit fertig geworden.«

Bill McGuire hörte gar nicht mehr zu. Er konzentrierte sich bereits auf den nächsten Schritt, berechnete, wieviel Geld er auf der Bank hatte – vorausgesetzt, die Bank ging nicht bankrott – und wie lange er und seine Familie davon leben konnten. Die Zahlen waren alles andere als beruhigend. Die Chancen, einen Auftrag zu ergattern, der sie bis zum Frühjahr über Wasser halten würde, waren gleich Null. Um nicht pleite zu gehen, mußte er mit einem neuen Kreditrahmen arbeiten. Er erhob sich. »Wenn Sie etwas erfahren – irgend etwas –, dann lassen Sie es mich wissen, okay?«

»Sie werden es hören, bevor ich die Geschichte schreibe«, versprach Oliver.

Als sie zur Tür gingen, wurde sie geöffnet, und Rebecca Morrison trat ein. Als sie die vielen Leute in dem kleinen Büro der Zeitung sah, errötete sie und wollte sich zurückziehen.

»Rebecca?« sagte Oliver. »Was ist? Kann ich Ihnen irgendwie helfen?«

Sie zögerte und kehrte zurück. Ihre Wangen waren immer noch rot. Sie blickte nervös von einem Gesicht zum anderen, aber schließlich blieb ihr Blick auf Oliver gerichtet. Sie trat zögernd auf ihn zu und streckte ihm die Hand entgegen. »Da-das ist für Sie«, sagte sie. »Wei- weil Sie immer so nett zu mir sind.« Sie errötete von neuem, wandte sich ab und verließ fast fluchtartig das Büro.

Oliver spähte in die Tüte. Darin waren ein Dutzend Schokoladenherzen, in glänzender Silberfolie eingewickelt. Als er wieder aufblickte, starrte jeder im Büro ihn an.

Starrte und lächelte.

Oliver lächelte ebenfalls und wünschte, Rebecca hätte das Büro nicht so überhastet verlassen.

»Nun, wenigstens bei einigen Leuten geht im Leben was richtig«, sagte Bill McGuire und klopfte Oliver auf die Schulter. Dann ging er.

Nachdem er gesehen hatte, wie sehr sich Oliver über die Tüte mit den kleinen Schokoladenherzen gefreut hatte, kamen ihm die eigenen Sorgen nicht mehr ganz so schlimm vor. Vielleicht sollte er kurz beim Süßwarenladen halten und eine Tüte Süßigkeiten für Elizabeth kaufen. Nein, drei Tüten; auch welche für Megan und Mrs. Goodrich.

Plötzlich fühlte sich Bill McGuire besser als seit Tagen.

Eine Stunde später erwachte Elizabeth. Sie streckte sich schläfrig und genoß das Wohlgefühl nach der schrecklichen Apathie, von der sie früher am Morgen befallen worden war. Als jedoch die letzten Reste des Schlafs verschwunden waren und sie hellwach war, bemerkte sie allmählich, daß sich jemand im Nebenzimmer bewegte.

Im Kinderzimmer.

Megan?

Was tat Megan in dem Zimmer, das für das Baby hergerichtet worden war?

Elizabeth erhob sich von der Chaiselongue und nahm die Puppe mit. Sie ging durch das Badezimmer ins Kinderzimmer.

Mrs. Goodrich, mit dem Rücken zu Elizabeth, war im Begriff, den Inhalt der kleinen Frisierkommode, die an der gegenüberliegenden Wand stand, in einen großen Karton zu entleeren.

»Wer hat dir gesagt, daß du das tun sollst?« fragte Elizabeth.

Mrs. Goodrich zuckte bei Elizabeth' Worten zusammen und fuhr herum. »Oh, meine Liebe«, sagte sie. »Du hast mich aber erschreckt. So plötzlich aus dem Badezimmer aufzutauchen! Geh wieder ins Bett. Ich kann mich um all das kümmern.«

»All was?« fragte Elizabeth und betrat das Zimmer. »Was machst du hier?«

Mrs. Goodrich legte den winzigen Pullover, den sie in der Hand hielt, in den Karton und nahm einen anderen aus der Schublade der Frisierkommode. »Ich wollte nur alles hier wegpacken und auf den Speicher bringen.«

»Nein«, sagte Elizabeth.

Mrs. Goodrich blinzelte. »Wie bitte?«

Elizabeths Stimme klang schärfer. »Ich sagte nein, Mrs. Goodrich.« Sie sprach noch lauter. »Wie kannst du es wagen, hier all die Sachen meines Babys einzupacken?«

»Aber ich dachte ...«, begann Mrs. Goodrich. Elizabeth ließ sie nicht aussprechen.

»Es ist mir egal, was du dachtest. Geh nach unten und laß mich allein. Und von jetzt an bleibst du weg aus diesem Zimmer!« Mrs. Goodrich zögerte, doch bevor sie etwas einwenden konnte, fuhr Elizabeth fort. »Geh! Ich werde mich um das hier kümmern.«

Mrs. Goodrich starrte Elizabeth bestürzt an und glaubte kaum, ihren Ohren trauen zu können. Sie überlegte, ob sie sich mit ihr streiten sollte.

Nein, entschied sie sich. Es war besser, sie sagte im Augenblick nichts. Nach dem, was Elizabeth durchgemacht hatte, mußte man Verständnis für sie haben. Mrs. Goodrich sagte sich, daß es eigentlich ihre Schuld war. Sie hätte Elizabeth mehr Zeit geben müssen, bevor sie die Sachen aus dem Kinderzimmer wegpackte.

Sie legte den Pullover auf die Frisierkommode und verließ wortlos das Zimmer.

Als sie fort war, ging Elizabeth zu der Frisierkommode und räumte die Kleidungsstücke – die Spielhöschen und Pyjamas, die winzigen Latzhöschen und Hemdchen – aus dem Karton. Sie strich jedes Teil sorgfältig glatt und faltete es neu, bevor sie es wieder in die Schublade der Frisierkommode legte.

»Wie konnte sie das tun?« fragte sie die Puppe, die sie auf die Kommode gesetzt hatte, so daß sie an der Wand lehnte, als beobachte sie Elizabeth bei der Arbeit. »Ist ihr nicht klar, daß du all diese Dinge brauchen wirst?« Sie nahm einen kleinen Pullover aus dem Karton, schüttelte ihn aus und hielt ihn an die Puppe. »Noch ein bißchen groß, aber in ein paar Monaten wird er perfekt passen, nicht wahr? Was hat sie sich nur gedacht?« Elizabeth sprach immer noch mit der Puppe, während sie den Pullover faltete und in die Schublade zu den anderen Kleidungsstücken legte. Als der Karton leer war und alle Babysachen wieder dort waren, wo sie hingehörten, nahm Elizabeth die Puppe und trug sie zum Kinderbettchen. Sie deckte sie sorgfältig mit der Steppdecke zu und küßte sie sanft auf die Wange.

»Zeit für ein Nickerchen«, flüsterte sie. »Aber mach dir keine Sorgen. Mama wird hier bei dir sein.« Sie setzte sich in den blauen Schaukelstuhl neben dem Kinderbettchen und begann leise ein Wiegenlied zu summen.

Unbemerkt von ihrer Mutter beobachtete Megan vom Gang aus das Geschehen durch die offenstehende Tür.

8

»Mit Mama ist etwas nicht in Ordnung«, sagte Megan, als ihr Vater das Haus betrat. Die Kleine saß mit finsterer Miene am Fuß der Treppe. »Sie hat mir Sam weggenommen.«

»Deine Puppe?« fragte Bill. »Warum sollte sie das tun?«

»Keine Ahnung«, erwiderte Megan. »Und sie war auch wütend auf Mrs. Goodrich. Wirklich wütend.« Dann sah sie die Tüten, die mit roten Schleifen zugebunden waren, und stand auf. »Ist das für mich?«

»Eine Tüte ist für dich«, sagte Bill, »eine für deine Mutter und eine für Mrs. Goodrich.« Er gab ihr eine der Tüten mit Schokoladenherzen. »Du kannst jetzt eines davon essen. Dann heben wir den Rest für später auf.«

»Mama sollte keine bekommen«, sagte Megan. »Wenn ich böse bin, gibst du mir auch keine.«

Bill ging in die Hocke, so daß seine Augen in Höhe der seiner Tochter waren. »Schatz, Mama ist nicht böse. Sie ist im Augenblick nur sehr, sehr traurig. Und wenn sie deine Puppe genommen hat, dann hat sie bestimmt einen guten Grund dafür.«

Megan schüttelte den Kopf.

»Sie wollte sie einfach haben. Aber Sam will bei mir sein.«

»Weißt du was?« sagte Bill. »Ich werde raufgehen und mit Mama reden und herausfinden, warum sie Sam genommen hat. Okay?«

Megan nickte, griff in die Tüte und zog eine Handvoll Schokoladenherzen heraus. »Jetzt nur eins«, sagte Bill. »Meinetwegen noch eins nach dem Mittagessen. Und den Rest heben wir für später auf.«

Megan zögerte, überlegte, ob es Sinn hatte, um mehr zu betteln. Schließlich steckte sie widerstrebend alle Schokoladenherzen außer einem zurück. Dann, als ihr Vater die Treppe hinaufstieg, nahm sie heimlich wieder ein Schokoladenherz aus der Tüte. Und noch eins.

Bill ging zum Elternschlafzimmer. Er nahm an, daß Elizabeth entweder im Bett oder auf der Chaiselongue lag. Das Zimmer war jedoch verlassen. Dann hörte er durch die offenstehende Tür zum Badezimmer das leise Knarren des antiken Schaukelstuhls im Kinderzimmer. Warum sollte Elizabeth dorthin gegangen sein? Seit der Fehlgeburt hatte selbst er es nicht über sich gebracht, das Zimmer zu betreten, das sie für das neue Baby hergerichtet hatten. Und für Elizabeth mußte es besonders quälend sein, in das Kinderzimmer zu gehen. Dennoch hatte etwas sie dorthin gezogen.

Bill durchquerte das Schlafzimmer und betrat das angrenzende Badezimmer. Obwohl die Tür gegenüber einen Spalt offenstand, konnte er nur

DIE PUPPE 99

wenig von dem Zimmer sehen, das sich dahinter befand. Aber jetzt hörte er zusätzlich zum Knarren des Schaukelstuhls, daß Elizabeth ein Wiegenlied summte.

Er schob die Tür zum Kinderzimmer weiter auf.

Elizabeth saß auf dem Schaukelstuhl. Sie hatte ihm den Rücken zugewandt, aber Bill konnte sehen, daß sie etwas auf den Armen hielt.

Etwas, dem das Summen des Wiegenlieds galt.

»Elizabeth?« fragte er und ging auf den Schaukelstuhl zu.

Das Schaukeln hörte auf, und Elizabeth' Summen verstummte.

Bill neigte sich vor, um seine Frau auf die Wange zu küssen, doch dann wich er abrupt zurück.

Auf ihren Armen, eingehüllt in die weiche, rosa und blaue Wolldecke, die sie erst vor einer Woche gekauft hatten, hielt sie die Puppe. Deren blaue Augen starrten zu ihm auf, und für einen Sekundenbruchteil hatte Bill das Gefühl, als beobachte sie ihn. Aber dann war dieser Augenblick vorüber, und er küßte Elizabeth leicht auf die Wange.

Ihre Haut fühlte sich sonderbar kalt an.

»Schatz? Ist alles in Ordnung?«

Elizabeth nickte, sagte jedoch nichts.

»Ich habe dir etwas mitgebracht.«

In ihren Augen zeigte sich ein Schimmer von Interesse, und sie erhob sich.

»Laß mich nur das Baby in sein Bettchen legen.«

Das Baby ... Die Worte hallten in Bill nach, als Elizabeth behutsam die Puppe in das Kinderbettchen legte und sorgfältig zudeckte. »Wie kommt es, daß du Megans Puppe hergebracht hast?« fragte er, als sie sich zu ihm umwandte.

Er sah kurz Verwirrung in ihren Augen, doch dann verschwand dieser Ausdruck.

»Nun, wir wissen wirklich nicht, ob die Puppe für sie bestimmt war, oder?« fragte sie, und ihr gereizter Tonfall warnte ihren Mann und ließ ihn erschauern. »Sie könnte für das Baby bestimmt sein, nicht wahr?«

»Das könnte sein«, räumte Bill beunruhigt ein. »Aber meinst du nicht ...«

»Können wir es nicht wenigstens jetzt dabei belassen?« bat Elizabeth. »Als ich heute morgen hier hereinkam, wirkte das Zimmer so leer und verlassen, aber als ich Sam hineinbrachte, schien es wie von Leben erfüllt.« Ihr Blick schweifte zu dem Kinderbettchen. »Sam«, wiederholte sie. »Welch ein schöner Name. Ich habe immer gedacht, wenn wir einen Jungen haben, wäre es schön, ihn Sam zu nennen.«

Bill war alarmiert. Er und Elizabeth hatten über viele Namen diskutiert, aber er konnte sich nicht erinnern, daß einer von ihnen jemals den Namen Sam erwähnt hatte. »Ich meine, Megan hat recht, wenn sie ...«, begann Bill, doch seine Frau ließ ihn nicht aussprechen.

»Megan kann im Augenblick ohne die Puppe zurechtkommen«, sagte sie. »Und sie wird nur für ein, zwei Tage darauf verzichten müssen.« Sie lächelte ihn an, kam näher und umarmte ihn. »Ich kann es wirklich nicht erklären«, wisperte sie an seinem Ohr. »Es macht alles einfach leichter für mich. Kannst du das nicht verstehen?«

Bill nahm sie fest in die Arme und wünschte, er könnte etwas tun – irgend etwas –, um ihren Schmerz zu mildern. »Natürlich kann ich das verstehen«, erwiderte er. »Wenn du dich dadurch besser fühlst, gibt es keinen Grund, warum du die Puppe nicht eine Weile hier im Zimmer lassen kannst. Megan wird das bestimmt verstehen.«

Auf dem Gang vor dem Kinderzimmer blickte Megan ärgerlich vor sich hin. Ihr Vater hatte der Mutter die Puppe nicht abgenommen.

Er hatte ihr sogar erlaubt, sie zu behalten.

Und Megan verstand das nicht.

Sie verstand überhaupt nichts.

9

Bill erwachte und spürte instinktiv, daß Elizabeth nicht mehr neben ihm lag. Doch als die große Uhr unten Mitternacht schlug, griff er in der Hoffnung zur leeren Seite des Bettes, sich geirrt zu haben.

Er hatte sich nicht geirrt. Elizabeth war nicht neben ihm, und das Laken war fast so kalt wie das Zimmer.

Bill blieb eine Weile liegen und überlegte, was er tun sollte. Der Abend war für keinen von ihnen leicht gewesen. Zuerst hatte er versucht, Megan zu erklären, daß ihre Mutter im Augenblick die Puppe mehr brauchte als sie. »Mama ist krank«, hatte er gesagt. »Und sie braucht die Puppe, damit die sich um sie kümmert.«

»Aber sie ist immer krank«, hatte Megan eingewandt. »Und ich brauche Sam, damit sie sich um mich kümmert!«

»In ein paar Tagen«, hatte er versprochen und dabei den Zweifel in Megans Augen gesehen. Und als Elizabeth schließlich zum Abendessen heruntergekommen war, war die Atmosphäre am Tisch sehr angespannt gewesen. Megan, die für gewöhnlich munter drauflosplapperte und erzählte, was sie den ganzen Tag über getan hatte, war äußerst wortkarg gewesen, und Elizabeth hatte ganz geschwiegen.

Nach dem Abendessen versuchte Bill seine

Frau und Tochter für einen Videofilm zu interessieren, aber Megan zog sich schnell auf ihr Zimmer zurück, und obwohl Elizabeth mit ihm auf dem Sofa in der Bibliothek saß und sich das Video anschaute, wußte er, daß sie dem Film keinerlei Aufmerksamkeit schenkte. Schließlich gingen sie beide kurz nach neun Uhr zu Bett.

Er selbst schaute noch in Megans Zimmer vorbei, um ihr einen Gutenachtkuß zu geben, doch Elizabeth ging gleich ins Schlafzimmer. Bill sagte sich, daß sie wohl Megans Ärger gespürt hatte und ihrer Tochter einfach einige Zeit geben wollte, um darüber hinwegzukommen. Aber tief in seinem Innern argwöhnte er, daß Elizabeth Megans Gefühle genausowenig wahrnahm, wie sie den Film wahrgenommen hatte.

»Mama liebt mich nicht mehr, nicht wahr?« fragte Megan mit bebender Stimme, als er in ihr Zimmer ging, um ihr einen Gutenachtkuß zu geben. Es war dunkel in dem Raum, und er konnte Megans Gesicht nicht sehen, aber als er sie auf die Wange küßte, schmeckte er das Salz ihrer Tränen.

»Natürlich liebt sie dich«, versicherte er ihr. »Sie fühlt sich nur nicht gut, das ist alles.«

Doch Megan war nicht getröstet. »Nein, sie liebt mich nicht«, beharrte sie. »Sie liebt nur Sam.«

Bill versuchte, ihr zu versichern, daß morgen, wenn sie beide zusammen losziehen würden, um einen Weihnachtsbaum zu kaufen, die Dinge besser aussehen würden, aber selbst das heitere Megan nicht auf. Als er das Zimmer verließ, hatte sie sich bereits auf die Seite gedreht und wandte ihm den Rücken zu.

Bei Elizabeth hatte er auch nicht mehr Glück. Sie lag schon im Bett, und obwohl er wußte, daß sie noch wach war, reagierte sie nicht, als er versuchte, sich an sie zu schmiegen. Schließlich gab er auf und begnügte sich damit, neben ihr zu liegen und ihre Hand zu halten. Er war fest entschlossen, wach zu bleiben, bis ihm ihre gleichmäßigen Atemzüge verraten würden, daß sie eingeschlafen war.

Aber er war nicht wach geblieben, und jetzt stellte er fest, daß er allein im Bett lag.

Der letzte Schlag der Uhr verklang, und im Haus wurde es totenstill. Dann hörte er das leise Knarren des Schaukelstuhls. Er schlüpfte aus dem Bett, zog den wollenen Morgenmantel an, den Elizabeth ihm vor zwei Jahren zu Weihnachten geschenkt hatte, und ging durch das Badezimmer zum Kinderzimmer.

Elizabeth saß in dem alten Schaukelstuhl, den sie vom Speicher geholt, vor dem Sperrmüll gerettet und hellblau angestrichen hatte.

Wieder sang sie ein leises Wiegenlied für die Puppe, wie sie es getan hatte, als er am Nachmittag nach Hause gekommen war.

Aber heute nacht war das nicht das einzige, was sie tat.

Die helle Haut ihrer nackten Brust schimmerte

im Mondschein, der durch das Fenster hereinfiel, und Bill sah, daß sie den Kopf der Puppe fest gegen ihre Brustspitze drückte.

Er ging zu ihr und kniete sich neben den Schaukelstuhl. »Komm zurück ins Bett, Liebling«, flüsterte er. »Du bist so müde, und es ist so spät.«

Einen Augenblick lang war er sich nicht sicher, ob sie ihn gehört hatte, doch dann wandte sie den Kopf zu ihm und lächelte ihn an. »In einer Minute«, sagte sie. »Ich muß das Baby zu Ende stillen und dann für die Nacht ins Bettchen bringen.«

Obwohl sie die Worte sanft und in süßem Tonfall gesprochen hatte, schnitten sie ihm wie Messer ins Herz.

»Nein, Liebling«, sagte er. »Es ist kein Baby. Es ist nur eine Puppe.« Er erhob sich und streckte die Hand aus, um ihr die Puppe abzunehmen, doch sie wich zurück, und er sah, daß sie die Puppe fester packte. »Elizabeth, bitte«, sagte er. »Laß das. Du weißt, daß es kein Baby ...«

»Sag das nicht!« fuhr sie ihn mit schriller Stimme an. »Geh wieder ins Bett!«

»Um Himmels willen, Elizabeth ...«, begann er, doch seine Frau fiel ihm wieder ins Wort.

»Laß mich in Frieden!« rief sie. »Ich habe dich nicht gebeten, hier reinzukommen! Und ich weiß, was ich tue! Ich kann für mein Baby sorgen!« Sie sprang jetzt auf, und in ihren Augen war ein Ausdruck, der Bill erschreckte.

»Schon gut«, sagte er und zwang sich zu einem freundlichen, besänftigenden Tonfall. »Selbstverständlich weißt du, was du tust, und natürlich kannst du für das Baby sorgen. Es ist nur spät, das ist alles. Ich dachte, ich kann dir vielleicht helfen.«

»Ich komme allein zurecht«, sagte Elizabeth, und ihre Stimme klang fast verzweifelt. »Ich kann für mein Baby sorgen. Ich weiß, daß ich das kann. Laß uns einfach in Frieden, und alles ist gut.« Ihre Blicke trafen sich. Sie schaute ihn flehend an. »Bitte! Kannst du uns nur ein Weilchen allein lassen?«

Plötzlich fühlte sich Bill völlig verwirrt. Verlor Elizabeth den Verstand? Was sollte er tun?

Ihr die Puppe abnehmen? Nein! Das würde die Dinge nur verschlimmern.

Der Arzt. Er sollte Dr. Margolis anrufen. Dr. Margolis würde wissen, was zu tun war. »In Ordnung«, sagte er und bemühte sich um einen ganz ruhigen Tonfall. »Ich gehe zurück ins Bett, und du kümmerst dich um ...«, er zögerte kurz, doch dann schaffte er es weiterzusprechen, »... das Baby. Und wenn es schläft, kommst du ins Bett. In Ordnung?«

Elizabeth nickte und ließ sich wieder in den Schaukelstuhl sinken. Bill konnte nur mühsam ein Schluchzen unterdrücken, als er sich umwandte, das Kinderzimmer verließ und sorgfältig die Tür hinter sich schloß. Anstatt ins Bett zu gehen, wie er Elizabeth gesagt hatte, eilte er nach unten zum Schreibtisch in der Bibliothek und zum Telefon.

Nach dem zwölften Klingeln meldete sich die schläfrige und leicht ärgerliche Stimme von Dr. Margolis.

Eine Stunde später lag Elizabeth wieder im Bett. Die Tabletten, die der Arzt ihr gegeben hatte, zeigten bereits Wirkung. »Es wird alles gut werden«, sagte sie vor dem Eindösen. »Wirklich. Ich brauche nur mein Baby zu versorgen, und alles wird gut.« Als Bill sie sanft küßte, fielen ihr die Augen zu, und sie schlief ein.

Bill ließ Mrs. Goodrich bei Elizabeth Wache halten und führte den Arzt in die Bibliothek hinunter. Dort schenkte er ihnen beiden von seinem besten Scotch ein. »Ich weiß nicht, wie es bei Ihnen ist, aber ich brauche wirklich einen Scotch«, sagte er und gab Dr. Margolis eines der gefüllten Gläser. Dann trank er einen tiefen Schluck aus dem anderen.

»Ich bin mir nicht sicher, ob es so schlimm ist, wie Sie meinen«, sagte der Arzt, nippte an seinem Scotch und behielt ihn kurz im Mund, bevor er ihn genüßlich hinunterschluckte.

»Um Gottes willen, Phil! Sie dachte, die Puppe wäre ein Baby. *Unser* Baby!«

Der Arzt hob leicht die Augenbrauen. »Sie hatte einen schrecklichen Schock, Bill. Ich bezweifle, daß ein Mann wirklich verstehen kann, wie hart es für eine Frau ist, ein Baby zu verlieren. Besonders wenn sie weiß, daß sie kein weiteres haben kann, und sie angenommen hat, es gäbe keine Gefahr mehr.«

»Aber zu phantasieren, daß eine Puppe ...«

»Tun das die kleinen Mädchen nicht auch andauernd? Tun sie nicht so, als ob ihre Puppen echte Babys wären?«

»Das ist kaum das gleiche.«

»Nicht?« erwiderte Dr. Margolis. »Warum nicht? Wie ich das sehe, ist der seelische Schmerz für Elizabeth im Augenblick so groß, daß sie nicht damit fertig werden kann. So übertrug sie heute nacht all die Muttergefühle, die sich bei ihr angestaut haben, damit sie ihren Sohn damit überschütten kann, auf die Puppe. Ich nehme an, es ist mehr eine gefühlsmäßige Befreiung als eine echte Wahnvorstellung.«

»Und Sie meinen, ich sollte unbesorgt sein, Phil?« fragte Bill, und Hoffnung mischte sich in seine Zweifel.

»Natürlich sollten Sie besorgt sein«, erwiderte der Doktor. »Hölle, wenn Sie nicht besorgt wären, würde ich mir mehr Sorgen um Sie als um Elizabeth machen. Ich will nur sagen, daß Sie meiner Meinung nach Elizabeth im Augenblick viel nachsehen müssen. Ich nehme an, am Morgen wird sie sich viel besser fühlen. Aber selbst wenn sie noch ein, zwei Tage so tun will, als wäre die Puppe ihr Baby, was schadet das schon? Im Augenblick toben Hormone in ihr, verursachen alle Arten von Verwirrung, und ihre Gefühle sind so durcheinander wie ihre Chemie. Geben wir ihr nur noch einen Tag, um sich zu beruhigen, und dann schaue ich sie mir noch einmal an. Abgemacht?«

Bill zögerte, aber als er über Dr. Margolis' Worte nachdachte, wurde ihm klar, daß dieser recht hatte. Er ergriff die dargebotene Hand des Arztes. »Abgemacht.«

Megan lag in ihrem Zimmer auf dem Bett und beobachtete die Schatten an der Decke. Sie lag seit langem wach und hatte durch die Tür des Kinderzimmers jedes Wort gehört, das ihre Mutter und ihr Vater gesprochen hatten.

Und als sie jetzt die dunklen Umrisse an der Decke beobachtete, hörte sie eine andere Stimme.

Die Stimme der Puppe.

Aber heute nacht rief sie nicht laut nach ihr.

Heute nacht flüsterte sie.

Während sie sprach, hörte Megan aufmerksam zu, und dann begriff sie, was sie tun mußte.

10

Der nächste Morgen dämmerte heiter und klar, ohne die schiefergraue Wolkendecke, die jeden Tag der vergangenen Woche wie ein Leichentuch über Blackstone gelegen hatte. Bill ließ Elizabeth so lange schlafen, wie sie konnte, und saß um sechs Uhr angezogen am Schreibtisch in der Bibliothek. Um acht, als Megan kam und ankündigte, Mrs. Goodrich würde das Frühstück wegschmeißen, wenn er nicht *sofort* an den Tisch käme, war Bill zu dem Schluß gelangt, daß sie finanziell so gerade über die Runden kommen konnten, wenn er und Elizabeth äußerst sparsam mit ihrem Geld wirtschafteten, bis Jules Hartwicks Problem mit der Bank gelöst war. Im schlimmsten Fall würden sie einen kleinen Kredit aufnehmen müssen, und sie hatten weitaus mehr Wertgegenstände im Haus, als sie als Sicherheit für einen Kredit brauchen würden. Eine halbe Stunde später, nachdem Bill und Megan gefrühstückt hatten, klingelte das Telefon, und der Gedanke an einen Kredit löste sich plötzlich in Luft auf.

»Ich frage mich, ob Sie vielleicht noch einen Auftrag übernehmen könnten«, sagte Harvey Connally. Am Tonfall des alten Mannes war deutlich zu hören, daß er über die Probleme mit dem Blackstone Center Bescheid wußte.

»Das kommt auf den Auftrag an. Wenn er

nicht zu umfangreich ist, könnte ich ihn terminlich noch schaffen.«

»Das dachte ich mir«, bemerkte Connally trocken. »Es geht um folgendes. Mein Neffe Oliver will beim *Chronicle* umbauen. Anscheinend sagt er sich, daß er ein neues Büro braucht, und ich dachte mir, das wäre ein schönes Weihnachtsgeschenk für ihn.«

»Das wäre auch für mich ein schönes Weihnachtsgeschenk«, sagte Bill.

»Ich mag es, Geschenke zu verteilen und Freude zu bereiten.« Connally lachte. »Ich möchte keinem die Feiertage verderben. Wie wäre es, wenn wir uns in ungefähr einer Stunde bei Oliver treffen?«

Als Bill den Hörer auflegte und ins Eßzimmer zurückkehrte, wirkte die Last der Sorgen, die er in den vergangenen Tagen mit sich herumgeschleppt hatte, schon viel leichter.

Megan schaute ihrem Vater von der Veranda aus nach, bis er am Ende der Amherst Street verschwand. Dann kehrte sie ins Haus zurück und schloß leise die Tür hinter sich. Wie in der vergangenen Nacht konnte sie immer noch die Puppe flüstern hören.

»*Geh in die Küche*«, wies die Stimme der Puppe sie an. »*Sieh, was Mrs. Goodrich macht.*«

Megan gehorchte der Stimme, ging durch das Eßzimmer und das kleine Anrichtezimmer und schob die Küchentür auf. Mrs. Goodrich saß am Tisch und rührte in einer großen Schüssel einen Teig für Pfannkuchen.

»Laß das, es wird nicht genascht«, sagte die alte Frau, als Megan einen Finger in die süße Teigmischung tunkte. »Na gut, aber nur einmal«, mahnte die Haushälterin, als das kleine Mädchen den Finger ableckte. »Das reicht.« Sie gab Megan mit einem Holzlöffel einen Klaps auf die Hand, damit sie sich nicht noch einmal aus der Schüssel bediente. »Und jetzt bleibst du mir eine halbe Stunde lang aus dem Weg, und dann holen wir die Weihnachtssachen. Und dieses Jahr darfst du die Krippe ganz alleine auf dem Kaminsims aufbauen.«

Megan leckte noch einen Rest Teig von ihrem Finger ab und verließ die Küche.

»*Eine halbe Stunde*«, sagte die Stimme in ihrem Kopf. »*Das ist eine lange Zeit.*«

Während die Stimme weiter mit ihr flüsterte, ging Megan die Treppe hinauf und verharrte vor dem Schlafzimmer ihrer Eltern. Die Tür war geschlossen, aber als sie durch das Schlüsselloch spähte, sah sie, daß ihre Mutter noch im Bett lag.

Megan wartete und beobachtete. Nach einer Minute sagte sie sich, daß ihre Mutter noch schlief. Sie schlich leise über den Gang, ging durch die Tür zum Badezimmer und betrat das angrenzende Zimmer.

Das Kinderzimmer war von morgendlichem Sonnenschein erfüllt, und als Megan ihren Blick über die neue Tapete und all die neuen Möbelstücke schweifen ließ, die ihre Eltern für das Baby gekauft hatten, überlegte sie, ob sie doch nicht auf die Puppe hören, ob sie die Stimme ignorieren sollte. Doch noch während ihr der Gedanke in den Sinn kam, hörte sie wieder die Stimme flüstern.

»*Dieses Zimmer ist viel schöner als deines*«, wisperte die Stimme. »Dir *haben sie keine neuen Möbel gekauft.*«

Megan schloß leise die Tür und ging zum Kinderbettchen.

Die Puppe lag unter der pinkfarbenen und blauen Decke. Der Kopf war so gedreht, daß die Puppe sie anschaute.

»*Heb mich auf!*« befahl die Puppe.

Megan gehorchte.

»*Bring mich zum Fenster.*«

Megan ging mit der Puppe zum Fenster.

»*Öffne das Fenster.*«

Megan legte die Puppe ab und schob das Fenster so weit hoch, wie sie konnte. Sie folgte immer noch den geflüsterten Anweisungen der Stimme in ihrem Kopf, als sie die Puppe nahm und auf das Dach hinauskletterte, das unterhalb des giebelförmigen Aufsatzes über dem Fenster steil abfiel. Sie hielt sich mit einer Hand am Fensterbrett fest und legte die Puppe so weit vom Fenster entfernt ab, wie sie konnte.

Die Puppe rutschte über die feuchten Dachschindeln nach unten, und Megans Puls begann zu rasen, als die Puppe das Dach hinunterrutschte. Dann verfing sich ihr Kleid an der rauhen Kante einer Dachschindel, und sie blieb dicht vor der Regenrinne liegen, oberhalb der Wand, an die die gefliese Terrasse grenzte.

Megan kletterte zurück ins Kinderzimmer, ließ das Fenster jedoch offen.

Sie rannte durch das Badezimmer und ins Elternschlafzimmer.

»Mama!« rief sie. »Mama, wach auf!«

Sie eilte zum Bett und rüttelte ihre Mutter an der Schulter. »Mama! Mama!«

Elizabeth schreckte aus dem Schlaf, und die Stimme ihres Babys hallte immer noch in ihren Ohren wider. Auch als sie die Augen öffnete, rief die Stimme weiter. Schließlich erkannte Elizabeth sie durch den Schleier der Benommenheit.

Megan.

»Schatz?« fragte sie und setzte sich auf, während ihre Tochter an ihrem Ärmel zog. »Was ist? Was ist passiert?«

»Das Baby«, sagte Megan. »Mami, etwas ist mit dem Baby passiert. Komm mit!«

Das Baby! Es war also doch nicht nur ein Traum gewesen – ihr Baby hatte tatsächlich nach ihr gerufen. Elizabeth warf die Decke zurück, stieg aus dem Bett und wankte durch das Badezimmer ins Kinderzimmer.

Das Bettchen war leer!

»Wo ist er?« schrie Elizabeth, und Panik stieg in ihr auf. »Was ist mit Sam passiert?«

»Er ist draußen, Mama«, sagte Megan und wies auf das offene Fenster. »Ich habe versucht, ihn aufzuhalten, aber ...«

Elizabeth hörte nicht mehr hin. Sie eilte zum Fenster und spähte hinaus in den strahlenden Sonnenschein des Morgens.

Dort, auf den Dachschindeln, nur ein paar Zentimeter von der Dachrinne entfernt, lag ihr Baby, ihr Sohn. Wie war das möglich? Wie war er dort hinausgelangt?

Ihre Schuld.

Es war alles ihre Schuld! Sie hätte ihn niemals allein lassen sollen. Niemals!

Wenn er versuchte, sich zu drehen – sich überhaupt zu bewegen –, dann würde er unweigerlich vom Dach stürzen.

Elizabeth lehnte sich aus dem Fenster und streckte die Hand so weit aus, wie sie konnte, aber ihr Baby war gerade außerhalb ihrer Reichweite. Sie raffte ihr Nachthemd zusammen, stieg hinaus auf das steile Dach und hielt sich am Fensterrahmen fest.

»Hilf mir«, wies sie Megan an. »Halte nur meine Hand fest.«

Megan kam nahe ans Fenster und hielt das Handgelenk ihrer Mutter mit beiden Händen fest. Daraufhin nahm Elizabeth die andere Hand vom Fensterrahmen, an dem sie sich festgehalten hatte.

»*Jetzt*«, flüsterte die Stimme in Megans Kopf.

Megan gehorchte der Stimme und ließ das Handgelenk ihrer Mutter los. Elizabeth begann zu rutschen, und ihre nackten Füße fanden keinen Halt auf den feuchten Dachschindeln. Eine Sekunde später verfing sich ihr rechter Fuß in der Regenrinne. Einen Augenblick lang glaubte sie, sicheren Halt zu haben. Sie streckte die Hand aus, um die Puppe aufzuheben, aber es war bereits zu spät. Aus dem Gleichgewicht geraten, konnte sie sich nirgendwo festhalten, und so stürzte sie kopfüber vom Dach auf die Fliesen der Terrasse. Die Puppe hielt sie schützend gegen den Busen gepreßt.

Megan ließ das Fenster offen, stürmte aus dem Kinderzimmer und lief die Treppe hinab. Dann rannte sie durchs Wohnzimmer in die Bibliothek. Sie öffnete eine der Terrassentüren und trat auf die Terrasse hinaus.

Ihre Mutter lag auf dem Rücken. Ihr Kopf war in einem sonderbaren Winkel verdreht, und Blut sickerte aus ihrem blonden Haar.

In ihren Armen hielt sie die Puppe und drückte sie immer noch schützend an sich. Megan ging in die Hocke und nahm sie vorsichtig aus den Händen ihrer Mutter. Dann drückte sie die Puppe an sich.

»Es ist alles in Ordnung, Sam«, flüsterte sie ihr zu, als sie ins Haus zurückging und leise die Terrassentür schloß. »Es ist alles in Ordnung«, wiederholte sie, verließ, ohne einen Blick zurück durch die Scheibe der Terrassentür zu werfen, die Bibliothek und trug die Puppe zu ihrem Zimmer. »Jetzt gehörst du mir. Keiner wird dich mir wieder wegnehmen.«

Bill McGuire kam eine Stunde später ahnungslos nach Hause. Der süße Duft von Schokolade und Pfannkuchen zog ihm von der Küche entgegen. Mrs. Goodrich hatte inzwischen die Pfannkuchen gebacken und holte die letzten aus dem Backofen, als er die Küche betrat.

»Sie kommen genau richtig«, sagte die alte Frau, als Bill sich einen der Pfannkuchen nahm, die auf einem Teller auf dem Tisch gestapelt waren. »Ich wollte gerade einige zu Miss Elizabeth raufbringen, aber ich bin mir nicht sicher, ob ich es mit meinen alten Kochen dort rauf schaffen kann.«

»Das erledige natürlich ich«, sagte Bill. Er legte einige Pfannkuchen auf einen kleineren Teller und ging damit nach oben. Als er das Schlafzimmer betreten wollte, das er mit Elizabeth teilte, hörte er Megan leise singen.

Ein Wiegenlied.

Er wandte sich vom Elternschlafzimmer ab und ging über den Flur zum Zimmer seiner Tochter. Die Tür stand weit auf, Megan lag auf ihrem Bett und lehnte mit dem Rücken an einem Stapel Kissen.

In den Armen hielt sie die Puppe.

Als sie ihren Vater auf der Türschwelle erblickte, stellte sie das Singen ein.

»Ich dachte, wir haben beschlossen, Sam für eine Weile im Kinderzimmer zu lassen«, sagte Bill.

Megan lächelte. »Mama hat es sich anders überlegt«, sagte sie. »Sie hat mir Sam zurückgegeben.«

»Wirklich?« fragte Bill. »Du hast die Puppe nicht einfach aus dem Bettchen genommen?«

Megan schüttelte den Kopf. »Mama sagte, sie weiß, daß Sam kein echtes Baby ist und daß sie sie nicht mehr haben will. Sie hat mir aufgetragen, mich gut um sie zu kümmern und sie immer zu lieben.«

Während Megans Worten stieg in Bill ein unbehagliches Gefühl auf.

»Wo ist sie?« fragte er.

Megan zuckte mit den Schultern. »Keine Ahnung. Nachdem sie mir Sam zurückgegeben hat, ist sie ins Kinderzimmer gegangen und hat die Tür geschlossen.«

Bills Unbehagen wurde zu Furcht. Er wies Megan an, bis zu seiner Rückkehr in ihrem Zimmer zu bleiben. Dann ging er zum Kinderzimmer.

Als er die Tür öffnete, wehte ihm ein Schwall kalter Luft durch das offene Fenster entgegen.

Die Türen zum Badezimmer und zum Elternschlafzimmer standen weit offen. »Elizabeth?« rief er. »Elizabeth!«

DIE PUPPE

Er ging zum Fenster, um es zu schließen. Bevor er es zuzog, fiel sein Blick auf das Dach.

Einige der Dachschindeln hatten sich anscheinend gelockert.

Als ob etwas sie abgerissen hätte und ...

»Elizabeth!« schrie er, fuhr herum und rannte aus dem Zimmer.

Ein paar Sekunden später war er in der Bibliothek und an der Terrassentür. Durch die Glastür sah er seine Frau, und als er einen Moment später ihren Leichnam in den Armen hielt, hallte sein schrecklicher Aufschrei über die Terrasse.

Oben in ihrem Zimmer lächelte Megan die Puppe an. Und die Puppe, dessen war sie sich fast sicher, lächelte zurück.

11

Bill McGuire spürte die eisige Kälte an dem Tag, an dem er seine Frau beerdigte, nicht, denn er war zu betäubt, um etwas so Unbedeutendes wie das Wetter wahrzunehmen. Barhäuptig stand er am Kopf von Elizabeth' Grab. Megan war an seiner Seite, hielt mit der linken Hand die Hand ihres Vaters und drückte mit der rechten die Puppe an sich. Fast schien es, als wolle sie verhindern, daß die Puppe den Sarg sah, der nur ein paar Schritte entfernt war. An Bills anderer Seite stand Mrs. Goodrich. Sie stützte sich auf seinen Arm, und ihr Gesicht war hinter einem Schleier verborgen. Die alte Frau wirkte völlig in sich zusammengesunken, seit Elizabeth vor drei Tagen ums Leben gekommen war, und obwohl sie Bill und Megan weiterhin versorgt hatte, war ihre Energie verschwunden. Bill befürchtete, daß das nahende Weihnachtsfest ihr letztes sein würde.

Selbst das Haus schien zu trauern; die Stille, die sich darüber gesenkt hatte, wurde nur durch Megan durchbrochen, die, wie Bill annahm, noch nicht in vollem Ausmaß begriffen hatte, was geschehen war.

Jeden Abend, wenn er sie zu Bett brachte, schaute sie ihm in die Augen und wiederholte die gleichen Worte.

»Mama geht es gut, nicht wahr?«

»Natürlich«, versicherte ihr Bill. »Sie ist bei Gott, und Gott kümmert sich um sie.«

Gestern abend hatte Megan jedoch etwas anderes gesagt. »Sam tut es leid«, hatte sie geflüstert.

»Leid?« hatte Bill gefragt. »Was tut ihr leid?«

»Daß Mama fortgehen mußte.«

Bill hatte angenommen, daß Megan wie so viele Kinder, die sehr jung einen Elternteil verloren hatten, befürchtete, sie wäre vielleicht irgendwie schuld am Tod ihrer Mutter. Aber die Gedanken waren zu schmerzlich, um sie direkt anzusprechen, und so übertrug sie sie auf die Puppe. »Sag Sam, sie braucht sich keine Sorgen zu machen«, sagte er. »Was mit Mama geschehen ist, das ist weder Sams Schuld noch deine, noch die von sonst jemandem. Es war einfach etwas, das manchmal passiert, und wir alle müssen versuchen, uns gegenseitig zu helfen, darüber hinwegzukommen.«

Aber wie sollte Megan ihm darüber hinweghelfen? Wie würde er sich jemals verzeihen können, daß er Elizabeth an diesem Morgen allein gelassen hatte? Wie mußte sie sich gefühlt haben, als sie aufgewacht war?

Einsam.

Traurig.

Hilflos zurückgelassen.

Und sie mußte sich daran erinnert haben, was in der Nacht zuvor passiert war, als sie gedacht hatte, die Puppe sei ihr Baby. Was mußte ihr durch den Kopf gegangen sein? Hatte sie befürchtet, zu enden wie ihre Schwester, für den Rest ihres Lebens eingesperrt in einer Nervenheilanstalt? Und er war nicht dagewesen, um ihr Trost zu spenden.

Gewiß hätte er Harvey Connally ein paar Stunden warten lassen können.

Aber das hatte er nicht getan, und das würde er sich niemals verzeihen können.

Bill hörte Lucas Iverson das letzte Gebet sprechen, und als der Sarg mit Elizabeth' sterblichen Überresten langsam ins Grab gesenkt wurde, schloß Bill die Augen. Er konnte diesen Anblick nicht ertragen.

Als Reverend Iverson verstummte, bückte sich Bill und nahm einen Erdklumpen. Er hielt ihn über den Sarg, zerkrümelte ihn und ließ die Erde in das offene Grab fallen.

Wie sein Leben auseinandergebröckelt und zerfallen war.

In seinen Augen glänzten Tränen, als er vom Rand des Grabes zurücktrat und schweigend dastand, während seine Freunde und Nachbarn einer nach dem anderen Elizabeth die letzte Ehre erwiesen und ihm kondolierten.

Jules und Madeline Hartwick waren mit ihrer Tochter und deren Verlobtem zur Beerdigung gekommen. Der Bankier blieb bei Bill stehen und legte ihm leicht die Hand auf die Schulter. »Es ist hart, Bill. Ich weiß, wie Sie sich fühlen.«

Aber wie konnte Jules wissen, wie er sich

fühlte? Es war nicht seine Frau, die gestorben war.

Ed Becker, der Anwalt, war ebenfalls da, mit seiner Frau Bonnie und ihrer Tochter Amy, die nur ein Jahr jünger als Megan war. Während Bonnie Becker Beileidsworte murmelte, hörte Bill Amy mit Megan sprechen.

»Wie heißt deine Puppe?«

»Sam«, hörte er Megan antworten. »Und sie ist kein kleiner Junge. Sie ist ein kleines Mädchen, genau wie ich.«

»Kann ich sie halten?« fragte Amy.

Megan schüttelte den Kopf. »Sie gehört mir.«

Bill ging in die Hocke, damit er seiner Tochter ins Gesicht sehen konnte. »Das ist schon in Ordnung, Schatz«, sagte er. »Du kannst Sam ruhig von Amy halten lassen.«

Megan schüttelte abermals den Kopf und drückte die Puppe noch fester an sich. Bill schaute hilflos zu Bonnie Becker.

»Du kannst sie ein anderes Mal halten«, sagte die Frau des Anwalts hastig und nahm Amy an die Hand. »Sag Megan nur, wie leid dir das mit ihrer Mutter tut, und dann gehen wir heim, ja?«

Amy heftete den Blick ihrer dunkelbraunen Augen auf Megan. »Das mit deiner Mutter tut mir leid«, sagte sie.

Diesmal erwiderte Megan überhaupt nichts.

Rebecca Morrison, begleitet von ihrer Tante, Martha Ward, schüttelte Bill als nächste die Hand. Während Martha ihre Nichte wütend anstarrte, suchte Rebecca nach Worten, den Blick verlegen und scheu auf den Boden gerichtet.

»Danke für Ihr Kommen«, sagte Bill und nahm ihre Hand in seine beiden Hände.

»Sag, was du sagen wolltest, Rebecca«, drängte Martha Ward ihre Nichte, woraufhin Rebecca errötete.

»Ich ... äh ... Es tut mir so leid ...«, begann Rebecca, doch sie geriet sehr schnell ins Stocken, weil sie vergessen hatte, was sie und ihre Tante geübt hatten.

»Es tut uns schrecklich leid, was mit der armen Elizabeth geschehen ist«, sagte Martha und streifte ihre Nichte mit einem tadelnden Blick. »Es ist immer eine Tragödie, wenn so etwas passiert. Elizabeth war nie eine sehr starke Frau, oder? Ich denke immer ...«

»Elizabeth hat in ihrem Leben mehr durchgemacht, als die meisten von uns sich vorstellen können«, unterbrach Bill, den Blick starr auf Martha Ward gerichtet. »Sie wird uns allen sehr fehlen.« Er betonte »uns allen« gerade genug, um Martha aus dem Konzept zu bringen. Als er dann sah, wie gedemütigt sich Rebecca durch die Worte ihrer Tante fühlte, drückte er sie leicht und freundschaftlich an sich, bevor er sich den nächsten Leuten in der Schlange zuwandte.

Die Gesichter verschwammen nach einer Weile vor seinen Augen. Als sich Germaine Wagner näherte, die ihre Mutter im Rollstuhl schob, erkannte er sie kaum. Als Clara Wagner ihn mit strenger Stimme informierte, daß er »mal abends zum Essen« kommen mußte, wußte er nicht, was er antworten sollte.

Er kannte Germaine natürlich aus der Bücherei, aber er war nie im Haus der Wagners gewesen und wünschte gewiß nicht, jetzt dort hinzugehen.

»Danke«, brachte er heraus und wandte sich dann hastig Oliver Metcalf und Harvey Connally zu.

»Nehmen Sie sich vor der in acht«, warnte Connally trocken und schaute Germaine nach, die den Rollstuhl ihrer Mutter schob. »Als Witwer sind Sie für die jetzt Freiwild.«

»Mensch, Onkel Harvey«, wandte Oliver Metcalf ein. »Ich bin überzeugt, daß Mrs. Wagner nicht an so etwas gedacht hat ...«

»Natürlich hat sie das«, widersprach der alte Mann. »Und fahr mir nicht über den Mund, als müßtest du mich zurechtweisen, weil ich etwas Unpassendes gesagt habe. Ich bin dreiundachtzig Jahre alt, und ich kann sagen, was mir beliebt.« Aber als er sich wieder an Bill McGuire wandte, wurde sein Tonfall weicher. »Sie machen Schreckliches durch, Bill, und nichts, was wir sagen können, wird es Ihnen leichter machen. Aber wenn ich etwas für Sie tun kann, lassen Sie es mich wissen, ja?«

Bill nickte. »Danke, Mr. Connally«, sagte er. »Ich frage mich nur, ob ich nicht vielleicht schuld ...« Die Worte erstarben auf seinen Lippen, als er spürte, daß Megan ihre Hand in seine schob.

»Denken Sie so etwas nicht«, riet ihm Harvey Connally. »Solche Dinge passieren, und es gibt keine Erklärung dafür, und wir können nichts daran ändern. Jeder von uns muß so gut wie möglich mit den Karten spielen, die ihm vom Schicksal ausgeteilt wurden.«

Zehn Minuten später, als Bill McGuire nur noch mit Megan und Mrs. Goodrich auf dem kleinen Friedhof war, glaubte er immer noch Connallys Worte zu hören.

Jeder von uns muß so gut wie möglich mit den Karten spielen, die ihm vom Schicksal ausgeteilt wurden.

Bill McGuire warf einen letzten Blick auf den Sarg seiner Frau. Dann wandte er sich vom Grab ab und schickte sich an, den Friedhof zu verlassen.

Mrs. Goodrich neigte sich leicht vor und warf eine einzelne Rose auf den Sarg. Dann griff sie nach Megans Hand.

Aber Megan verweilte einen Moment, und obwohl sie mit dem Gesicht zum Sarg stand, war ihr Blick auf die Puppe geheftet.

Die Puppe erwiderte den Blick.

Jetzt gehörten sie wirklich zusammen, und keiner würde ihr die Puppe jemals wieder wegnehmen.

Spät in dieser Nacht, als Blackstone schlief, schlich die dunkle Gestalt abermals durch die stillen Flure der verlassenen Irrenanstalt und gelangte schließlich von neuem zu der Kammer, in der die geheimen Schätze lagerten.

Glitzernde Augen glitten von einem Erinnerungsstück zum nächsten. Schließlich verweilte der Blick der dunklen Gestalt auf einem glänzenden Objekt.

Eine behandschuhte Hand nahm ein Medaillon und hielt es hoch, so daß es silbern im Mondlicht schimmerte.

Das würde ein perfektes Geschenk sein.

Und die dunkle Gestalt wußte auch schon, wer der Empfänger sein würde.

FORTSETZUNG FOLGT

Die Blackstone Chroniken

JOHN SAUL, Meister des Horrors, entführt den Leser in die amerikanische Kleinstadt Blackstone, in der das Böse geheimnisvolle Geschenke mit einer grauenhaften Vergangenheit verteilt – Geschenke, die ihre Empfänger ins Verderben stürzen werden ...

Die Blackstone Chroniken erhalten Sie überall, wo es Bücher gibt!

Und für die ganz Neugierigen: Die **JOHN-SAUL-HOTLINE**
Telefon   0190 19 17 27 oder
Faxabruf   0190 19 27 27 0 (DeTeMedien, DM 1,20/Min.)